Annemarie Nikolaus: Zurück aufs Parkett
Quick, quick, slow – Tanzclub Lietzensee

ANNEMARIE NIKOLAUS

Zurück aufs Parkett

Quick, quick, slow – Tanzclub Lietzensee

1

Entgeistert blickte Friederike Lagrange ihrer Enkelin hinterher: Madeline hatte sich ihre balinesische Maske unter den Arm geklemmt und damit den Faschingsball anscheinend für beendet erklärt.

George Lagrange fasste nach Friederikes Hand. »Keine Sorge, sie kommt gleich wieder.« Er beugte sich zu ihrem Ohr, um sich gegen die wieder einsetzende Musik zu behaupten. Die Combo hatte den Klavierspieler abgelöst und nun wurde es laut. Ein Ball im Tanzclub Lietzensee war nicht zum Unterhalten gedacht. »In ihren ewigen Sandalen kommt sie bei dem Schnee nicht weit.«

»Da kennst du Madeline aber schlecht, Schorsch.« Außerdem trug Madeline Stiefel zu ihrem Piratenkostüm.

Robert Merck, einstiger Tanzpartner von Madeline, setzte sich zu ihnen an den Tisch; auf den Platz, auf dem Madeline eben noch gesessen hatte. »Wirklich schade. Mit diesem ausländischen Ringelreigen verschwendet eure Enkelin ihre Begabung.«

Irritiert hob Friederike die Augenbrauen. »Die Square Dance-Gruppe bringt dem Verein immer wieder gutes Geld.«

»Robert, mir scheint, mit uns verschwendest du deine Zeit. Bist du nicht zum Tanzen hergekommen?«

»Ich habe auf Madeline gesetzt.« Er grinste George an. »Ich will doch nicht den Verein wechseln. Aber ich habe noch keine feste Partnerin gefunden.«

»Dann solltest du jetzt erst recht tanzen«, sagte George. »Der beste Weg, eine neue Partnerin zu finden.«

Roberts Blick ging durch den Saal. »Ich will mich mit niemandem anlegen, indem ich mich zum Konkurrenten aufschwinge.« Sein Blick blieb an Friederike hängen. Er seufzte. »Morgen würde ich auch kaum eine wiedererkennen.«

Was war das denn für ein Argument? Unwillkürlich schüttelte sie den Kopf.

George schüttelte ebenfalls den Kopf. »Darum solltest du dir keine Gedanken machen. Eine, die mit ihrem Partner zufrieden ist, wird ihn sicher nicht verlassen.« Er drückte Friederikes Hand. »Ist ein bisschen wie verheiratet sein.«

»Ja, wenn das so ist ...« Roberts Lächeln bekam plötzlich etwas Schalkhaftes. »Dann bist du mir sicher nicht gram, Schorsch.« Er stand auf und verneigte sich formvollendet vor Friederike. »Darf ich zum Kriegstanz bitten, schöne Squaw?«

Sie lachte. Robert war amüsant; schade, dass Madeline nicht mit ihm ausgekommen war.

»Meine Frau tanzt nicht!« George klang abweisend, hart.

Robert schnappte überrascht nach Luft. »Ist das wahr?«

»Ich möchte wirklich gerne tanzen. Aber das ...« Friederike wies zur Tanzfläche, wo sich die Paare an einer heißen Samba abarbeiteten. »Das ist zu ermüdend für mich.«

Einen Augenblick schien Robert betroffen, aber dann streckte er mit einem Lächeln die Hand aus. »Dann warten wir auf einen der Langsamen Walzer. Hast du nicht auch eine Tanzkarte? Ich trage mich ein, wenn George noch etwas freigelassen hat.«

Jetzt war es an George, betroffen zu schauen. Er räusperte sich, aber bevor er etwas sagen konnte, schob Friederike Robert ihre Tanzkarte über den Tisch.

Er langte nach dem Bleistift, den Madeline liegen gelassen hatte, und schlug die Karte auf. »Die ist ja noch ganz leer!« Er grinste George an. »Du dachtest, du hast keinen Konkurrenten?«

»Friederike tanzt überhaupt nicht mehr.«

Sie begann, sich über George zu ärgern. »Es ist ein guter Abend, wieder anzufangen. Robert ist gewiss ein rücksichtsvoller Tänzer.« Madeline hatte allerdings etwas ganz Anderes über ihn erzählt. Weswegen sie auch nicht mehr mit ihm getanzt hatte. Aber bestimmt konnte er auch anders, wenn es nicht darauf ankam. Und von ihr wollte er nichts, falls er nicht zufällig eine neue Großmutter brauchte.

George schien sich aufplustern zu wollen. Da trat sie ihm unter dem Tisch gegen das Schienbein, damit er den Mund hielt. »Ich würde mich freuen, heute Abend zwei so wunderbare Tanzpartner wie euch zu haben.« Sie deutete in ihrer Tanzkarte auf zwei Langsame Walzer und einen Slowfox. »Trag dich hier ein, Robert.«

Er sah zu George, aber der brachte es fertig, unbewegt zu blicken. Also trug Robert sich dort ein. Dann gab er die Karte an George und hielt ihm den Bleistift hin.

Mehr als zögerlich nahm ihm George beides ab und studierte dann die Karte, halblaut mit einem Fragezeichen in der Stimme die einzelnen Tänze murmelnd. Bei der ersten Rumba sah er auf. »Die Rumba war immer dein Lieblingstanz. Aber das wird gewiss zu anstrengend für dich.«

»Zu anstrengend? Eine einfache Rumba?« Robert sah ungläubig von George zu ihr. »Wir haben Karneval, nicht den ersten April.«

»Ich hatte einen schweren Autounfall, Robert. Es hat viele Jahre gedauert, bis ich überhaupt wieder laufen konnte.«

Georges Gesicht verschloss sich immer mehr. »Und wenn Friederike sich überanstrengt, hinkt sie noch immer.«

»Das tut mir sehr leid.« In Roberts Stimme klang aufrichtige Betroffenheit; so übel war dieser junge Mann also wirklich nicht. »Ich werde gewiss aufpassen, dass ich dich nicht überanstrenge.« Er legte zwei Finger auf ihre Hand. »Aber willst du wirklich mit mir tanzen?«

Hatte sie das nicht deutlich genug gesagt? »Wenn ich es nicht versuche, finde ich nicht heraus, ob ich es wieder kann.« Sie blickte George an. »Es wäre wunderbar, wenn wir wieder tanzen könnten wie früher.« Vielleicht bekämen sie dann noch mehr von den alten Zeiten zurück; nicht nur das Tanzen.

»Nun ja. Ein paar Schritte ...« George setzte den Bleistift bei der Rumba an. »Aber es mag dich um den letzten Tanz berauben, Robert. Ich bezweifle, dass Friederike so lange durchhält.« Er runzelte die Stirn. »Du sagst es sofort, wenn dein Bein zu schmerzen beginnt, nicht wahr?«

Sie nickte. Aber das würde sie unter Garantie nicht tun. Sie war keine, die beim ersten Zipperlein die Flinte ins Korn warf. Andernfalls würde sie noch immer im Rollstuhl sitzen. Dass ihm das nicht klar war – Männer!

Als dann die ersten Takte des Langsamen Walzers erklangen, stand Robert auf und schob den Säbel in seiner Schärpe zur Seite. »Bist du bereit, Friederike?«

Und wie sie bereit war! Die Mokassins waren flach und schmiegten sich weich an ihre Füße. Sie bewegte sich darin, als liefe sie auf Wolken.

Robert führte sie mit sanftem Druck in den Grundschritt; mit seinem Mund war er dicht an ihrem Ohr. »Wir wollen uns nicht blamieren, gell? Sag mir, was du dich zu tanzen traust.«

Sie schloss halb die Augen, ließ sich zwei Takte lang von der Musik und von Robert führen. »Ich glaube, mit dir bringe ich alle Schritte fertig.«

Er lachte leise. »Ich habe nicht vermutet, dass du etwas vergessen hast. Aber wenn ich dich mit dem ersten Tanz schon ermüde, muss ich auf die beiden anderen verzichten.«

»Ich sag es dir, wenn es mir zu viel wird.« Diese Erklärung brachte ihr einen mehr als skeptischen Blick ein. Er hatte also gemerkt, dass sie George vorhin belogen hatte. Sie lächelte ihn an. »Wirklich!«

Sie kamen zur ersten Ecke des Saals und er führte sie in eine Drehung, beobachtete dabei den Ausdruck ihres Gesichts. Was er sah, beruhigte ihn wohl, denn sein Griff wurde ein wenig lockerer. Er entspannte sich und drehte sie gleich noch einmal.

Friederike schloss einen Moment die Augen. »Bis eben

habe ich nicht gewusst, wie sehr ich das wirklich vermisst habe.«

»Und du hattest recht, es zu versuchen. Du bist geschmeidig wie ein junges Mädchen.« Er grinste breit. »Aber viel folgsamer.«

Ob er Madeline damit meinte? Madeline hatte ihm zu Beginn des Abends fast die Augen ausgekratzt. Unwillkürlich lachte sie auf. »Manchmal lohnt es sich, folgsam zu sein.« Für einmal verstand sie ihre Enkelin nicht. Mit ihrer Biestigkeit hatte sie nichts erreicht als sich selber diesen Abend zu verderben.

Robert wurde mutiger und tanzte eine lange Passage mit ihr, die ihr eine schnellere Schrittfolge abverlangte. »Bravo!«, flüsterte er ihr ins Ohr, versteifte sich dann aber plötzlich, die Augen geweitet.

Sie wandte den Kopf regelwidrig zur Seite, um zu sehen, wohin er schaute. Sie traf Georges Blick, der ihnen anscheinend mit zusammengekniffenen Augen folgte. In der nächsten Drehung hob sie ihre Hand halb von Roberts Oberarm, um ihm zuzuwinken.

Als der Tanz zu Ende war, seufzte sie zufrieden.

»Erleichtert?« Robert legte ihre Hand in seine Armbeuge, um sie an den Tisch zurückzuführen.

»Ja. Aber anders als du vielleicht denkst: Ich bin froh, dass ich mich getraut habe.«

»Du scheinst sehr gut zu wissen, was du dir zumuten kannst. Ich weiß gar nicht, warum Schorsch sich solche Sorgen macht!«

Nun musste sie ihn aber doch verteidigen. »Er hat viel mitgemacht während meiner Rehabilitation. Es gab ein paar Rückschläge. Anfangs. Da wusste ich eben noch nicht, was ich mir zumuten kann und was noch nicht geht.«

»Und darum packt er dich jetzt in Watte.«

Dass sie am Tisch ankamen, enthob sie einer Antwort.

George streckte die Hand nach ihr aus und hinderte sie

daran, sich sofort hinzusetzen. »Alles in Ordnung?« Er langte an ihren Hals. »Du bist schweißgebadet.«

»Das war ich vor dem Tanz auch schon. Mein Kostüm ist zu schwer für hier. Die haben den Saal für die Halbnackten geheizt.«

George sprang sofort auf das Ablenkungsmanöver an. »Dass die Latein-Tänzerinnen immer halbnackt sind, solltest du noch wissen. Oder?«

»Sicher. Und wir waren auch immer dankbar für angemessen warme Räume.« Sie zuckte die Achseln. »Ich beklage mich nicht. Ich habe dir nur erklärt, warum ich schwitze.«

Er ließ sie endlich los und sie setzte sich hin; mehr als froh, dass sie nun ihr Bein entlasten konnte. Sie griff nach ihrem Weinglas und schob dabei absichtlich die Tanzkarte vom Tisch. Beim Aufheben wollte sie unauffällig schauen, wie lange sie sich ausruhen konnte. Aber Robert war aufmerksam und schneller als sie. Er legte die Karte vor sie hin, noch bevor sie ihr Glas wieder abgesetzt hatte. Aber er schlug sie auf und warf einen Blick darauf. Hatte er sie etwa schon wieder durchschaut oder wollte er einfach selber wissen, wann der nächste Tanz für sie kam?

Vorsichtig bewegte sie unter dem Tisch das Bein. Wenn sie den Oberschenkel ein wenig massieren könnte, dann würde der ziehende Schmerz darin gewiss aufhören. Aber sie wagte nicht, mit der Hand unter den Tisch zu gehen; George würde es merken und wissen, was es bedeutete. Und ihr eine Szene machen.

Drei Tänze später kam der nächste Langsame Walzer. Nach zwei Drehungen wurde der Schmerz in ihrem Bein ausgeprägter. Getreu ihrem Versprechen neigte sie ihren Kopf näher zu Robert und flüsterte: »Das machen wir jetzt besser etwas weniger schwungvoll.«

»Ich habe dein Zögern schon bemerkt.« Mit zwei Fingern streichelte er kurz und gerade spürbar ihren Rücken. »Ich bin froh, dass du es mir tatsächlich sagst.«

Sie lachte vergnügt. »Aber natürlich. Ich will doch nicht den Slowfox aufs Spiel setzen.«

»Oder die Rumba mit Schorsch.« Daran hatte sie tatsächlich jetzt gar nicht gedacht. Da sie nichts dazu sagte, fuhr er fort. »Wie lange ist es her, seit du das letzte Mal mit deinem Mann getanzt hast?«

»Oh!« Sie zählte in Gedanken die Jahre seit dem Unfall nach. »Eine Ewigkeit. Das war in einem anderen Leben. «

»Ihr habt bis zu deinem Unfall Turniere getanzt?«

»Wir haben praktisch nichts anderes gemacht. Außer der Arbeit natürlich.«

»Dann war das wirklich ein anderes Leben!« Sein Blick ging zu George. »Ich vermute, er hat danach statt des Trainings die Vorstandsarbeit gemacht.« Er sah sie aufmerksam an. »Und du? Worin hast du stattdessen Zufriedenheit gefunden?« Warum nur hatte er im Umgang mit Madeline nicht so viel Einfühlungsvermögen gezeigt? Sie staunte immer mehr über ihn.

»Ich habe zwei Bücher über lokale Tänze im Mittelalter veröffentlicht.«

Robert verlor den Takt. »Du bist Journalistin oder so was?«

Sie lachte. »Nein, viel schlimmer. Historikerin. Ich habe eine Professur an der Freien Universität.«

Robert schluckte, sichtlich beeindruckt. Für einen Moment verloren seine Bewegungen ihre Leichtigkeit, aber dann fing er sich wieder.

Sie sagte ihm wohl besser nicht, dass sie die erste Frau überhaupt gewesen war, die eine C 4-Professur in Geschichte bekommen hatte. »Die Forschung hat mich gerettet. Wenigstens das konnte ich immer tun: lesen und Bücher schreiben.«

Er sah ein wenig versonnen aus.. »Man braucht ein Hobby, damit der Alltag nicht so grau ist. Mir bringt das Tanzen die notwendige Abwechslung.«

Sie lachte. »Also habe ich doppelt Glück gehabt. Mein Hobby ist zugleich mein Beruf. In gewisser Weise.«

Dann war auch dieser Langsame Walzer zu Ende. Die Unterhaltung währenddessen hatte sie so gründlich abgelenkt, dass sie sich der Anstrengung gar nicht bewusst gewesen war. Aber nun war sie dankbar, dass er sie unterhakte, als er sie zurück zum Tisch begleitete. Indem sie sich auf seinen Arm stützte, konnte sie ihr Bein entlasten, ohne sichtbar zu hinken. Hoffentlich. Der kritische Blick, mit dem George ihr entgegensah, zeigte nicht nur Sorge, sondern auch offene Missbilligung.

Mit einem strahlenden Lächeln für ihn schlug sie ihre Tanzkarte auf. »Den nächsten Tanz tanze ich mit dir.« Vor dieser Rumba gab es fünf andere Tänze. Das sollte reichen, um ihr schmerzendes Bein auszuruhen. Sie hängte sich ihre Handtasche über die Schulter. »Ich geh mich restaurieren, damit ich dir keine Schande mache.« Nach einem Kuss auf seine Wange ging sie mit langsamen Schritten zum Ausgang des Saals. Fünf Minuten Massage für ihren Oberschenkel fern von Georges wachsamen Augen; das war es, was sie jetzt brauchte.

Die Tür zum kleinen Saal ging auf und für einen Moment dröhnte ihr Disko-Musik in die Ohren. Das Licht dort drin flimmerte. Marga Fischer, die eigentlich nur Bürohilfe war, hatte wieder einmal keine Mühe gescheut. Aber wie hatte sie es geschafft, ein Stroboskop aufzutreiben? Der Tanzclub Lietzensee wäre nicht, was er war, gäbe es nicht sie. Sogar George nannte sie den guten Geist des Vereins; und das wollte etwas heißen. Wo er kaum eine Gelegenheit ausließ, sich selber den ganzen Verdienst zuzuschreiben.

Statt sich in die Umkleide zu verkriechen, um ihr Bein zu massieren, könnte sie sich eigentlich auch zu Marga setzen und mit ihr plaudern. Ein Barhocker war ebenso gut.

Friederike wandte sich der Bar zu. Ihre Augen weiteten sich schockiert. Madeline war überhaupt nicht nach Hause gegangen!

Sie hatte das Mädchen in ihrem Bett gewähnt. Stattdessen saß es vor der Bar auf dem Fußboden, den Kopf in der Schulter eines gut aussehenden Mannes vergraben.

»Madeline!«

Madeline hob den Kopf und blinzelte überrascht. Die Wimperntusche war zerlaufen und ihre Augen waren unübersehbar vom Weinen gerötet.

»Großmama.« Ein Lächeln ließ ihr Gesicht leuchten..

Schock und Empörung stritten in Friederike. Sie musterte den Mann. »Was tust du da? Warum hast du geweint?« Sie brauchte noch einen Augenblick länger, dann erkannte sie ihn endlich: Chris Rinehart, der Caller der Square Dancer.

»Ich habe nicht geweint.« Ihre Stimme schwankte; war sie etwa betrunken? Madeline blickte auf Chris. »Jedenfalls nicht wirklich.«

Er half ihr auf die Beine und stand dabei ebenfalls auf. Madeline hing an ihm wie ein nasser Sack. Sein Gesicht leuchtete genauso wie das von Madeline. Hieß das, die beiden hatten endlich vernünftig miteinander geredet?

Friederike ging auf sie zu. Am liebsten hätte sie Madeline in die Arme genommen, aber das Mädchen hatte jetzt offensichtlich einen besseren Halt.

»Hinnerk hat mich ... mich reingelegt.« Madelines Stimme kiekste, bevor der Rest ihrer Worte von einem heftigen Schluckauf abgewürgt wurde.

Friederike musterte Chris. »Bist du genauso betrunken?«

»Das kann ich mir nicht leisten. Ich habe morgen früh Rufbereitschaft.« Er klang tatsächlich nüchtern; gut. So brauchte sie sich keine Sorgen zu machen.

Sie setzte sich neben den beiden auf einen Barhocker und begann ihren Oberschenkel zu massieren. »Ich habe dir auch etwas zu erzählen, Madeline: Ich habe wieder getanzt!« Sie lachte über Madelines verblüfftes Gesicht.

Im nächsten Augenblick hatte Madeline die Arme um ihren Hals und drückte sie überschwänglich an sich. Sie weinte schon wieder. »Oh Großmama; wie mich das freut.«

Sie schluchzte und plötzlich stiegen auch Friederike die Tränen in die Augen. »Dann solltest du aber nicht weinen.«

»Kann ich dir helfen?«, unterbrach Chris sie mit leiser Stimme. Er berührte ihre knetende Hand. »Ich kann dich massieren. Deine verkrampften Muskeln lockern, wenn du nicht lieber nach Hause gehen und dich hinlegen willst.«

»Nach Hause?« Sie lachte auf. »Nein, ich werde den Abend noch eine Weile länger genießen.«

Chris schob ihre Hand beiseite und machte sich ans Werk. Er hatte es offensichtlich gelernt wie ein richtiger Masseur.

Madeline wischte sich die Tränen ab. »Ich freu mich so für dich. Wie hat Großpapa sich angestellt?«

Friederike zog ein Gesicht. »Den ersten Tanz mit deinem Großvater habe ich noch vor mir. Dein alter Freund Robert hat mir die Ehre gegeben.«

Madeline blieb der Mund offen stehen. Als sie ihn wieder zuklappen konnte, sagte sie: »Das glaub ich nicht. Das glaube ich einfach nicht.«

»Dies ist eine Nacht der Wunder. Hab ich recht, Chris?«

»So kann man es sehen.« Mit einer Hand zog er Madeline sanft an sich.

Sie wandte sich ihm zu und küsste ihn ungeniert. »Eine wunderbare Nacht.«

Friederike rutschte vom Hocker. »Ich will diesen ersten Tanz mit George nicht verpassen. Bring sie nach Hause, Chris. Madeline gehört ins Bett.«

Madeline zog einen Flunsch. »Aber ...«

»In welches auch immer.« Sie zwinkerte den beiden zu. »Dein Großvater denkt sowieso, dass du dort längst angekommen bist. Pass auf sie auf, Chris.«

Rumba. Sie schwenkte einmal die Hüften, bevor sie sich auf den Rückweg in den Tanzsaal machte.

Robert hatte eine andere Tanzpartnerin gefunden; also hatte er sich doch getraut. Auf seinem Platz an ihrem Tisch saß Werner Heinemann, der Vereinskassierer. Dem sorgenvollen Gesicht nach zu urteilen, in ein ernstes Gespräch mit George vertieft. Konnte sich der Mann nicht einmal entspannen und aufhören, das nicht vorhandene Geld zu zählen?

Der französische Klavierspieler, Gaston oder wie er hieß, begann eine Milonga von Astor Piazzola. Viele verließen daraufhin die Tanzfläche; die Milonga gehörte nicht zum offiziellen Tanzprogramm. Noch immer machten sich wenige im Verein die Mühe, über den Tellerrand hinauszuschauen: Ehrgeiz statt Spaß trieb vor allem die Latein-Formation. Und die Turniertänzer erst! Der Tanzclub Lietzensee sollte lernen, dass er sich von anderen Tanzvereinen unterscheiden musste, wenn er Bestand haben wollte. Der Square Dance war ein guter Anfang gewesen, aber eben nicht mehr als das.

Allerdings kein Thema für jetzt. Sie stellte sich hinter Werner und legte eine Hand auf seine Schulter. »Wo hast du deine Frau gelassen?«

»Ich habe keine Ahnung.« Seine Stimme klang noch gruftiger als normalerweise. »Sie hat darauf bestanden, dass wir getrennt kommen. Und nun kann ich sie nicht finden.«

»Vielleicht ist sie in der Disko bei den Kids?«

»Christina? Niemals!« Er schüttelte den Kopf. »Warte ich halt, bis die Masken gelüftet werden.« Ach, so war das: Er kannte ihr Kostüm überhaupt nicht.

Sie lauschte nach der Milonga, dann wandte sie sich an George. »Gleich kommt unsere Rumba.« Sie freute sich wirklich unbändig. Und sie freute sich noch mehr, als er aufstand, seine Jacke zuknöpfte und ihr seinen Arm entgegenhielt. Wie in alten Zeiten. So lange hatte sie geglaubt, dass sie dies nie wieder erleben würde.

»Du tanzt, Friederike?« Schock und Unglauben standen in Werners Gesicht.

»Da staunst du, was?« Sie nahm Georges Arm und reckte sich zu einem Kuss auf seine Wange. »Dies ist eine Nacht der Wunder.«

Werner seufzte, offensichtlich unfähig, ihr Glück zu teilen. »Ich könnte auch eines gebrauchen. Für die Vereinskasse. Oder wenigstens einen potenten Sponsor.«

Im Gehen streifte sie George, als sie ihre Hüften ein wenig hin und her bewegte, um ihr Becken für die Rumba zu lockern. Sofort blieb er stehen; aber als sie ihn vergnügt anlächelte, zog er sie an sich. »Beinahe wie früher.«

Er tanzte enger als sich für eine Rumba gehörte, aber sie war nicht sicher, warum, und darum mochte sie nichts dazu sagen.

Er dirigierte sie mit nachdrücklichen Bewegungen, wie sie es von ihm gewohnt gewesen war. Aber er war deutlich steifer als einst; natürlich. Nach all den Jahren, in denen auch er kaum getanzt hatte. Mit Robert zuvor hatte sie sich in größerer Harmonie bewegt. Aber es war nicht nur das, was den Gleichklang erschwerte. Nach einer halben Saalrunde begriff sie es: George schien vor allem darauf bedacht, die Erinnerung an ihre alten Schrittfolgen wieder hervorzukramen und achtete erst in zweiter Linie darauf, dass sie ihren Spaß hatten. Sein verflixter Ehrgeiz. Wie oft hatte er sie damit zur Weißglut getrieben, auch wenn er sie erst dadurch zu ihren großen Leistungen geführt hatte.

Sie versteifte sich unwillkürlich, brachte aber ein Lächeln für ihn zustande. »Es ist ganz genau wie früher!«

Er stutzte und dann schien er zu begreifen; er grinste zurück. »Und wie früher wartest du bis zum Geht-nicht-mehr, bevor du den Mund aufmachst.« Er blieb stehen und wurde ernst. »Aber eins ist jetzt anders. Ich will nicht, dass du dich anstrengst.« Mit seinen Lippen streifte er flüchtig ihre Wange. »Ich bin zu alt, um dich auf Händen zu tragen.«

Sein Alter war wohl kaum der Grund für die Distanz gewesen in den letzten Jahren, aber an diesem Abend wollte sie keine Bitterkeit aufkommen lassen. »Dann brauche ich wohl jemanden Junges wie diesen Robert. Übrigens ist er wirklich gar kein schlechter Tänzer.«

George nahm den Takt wieder auf und sie tanzten weiter. »Madeline war dumm, ihm den Laufpass zu geben. Sie hätte eine Menge mit ihm erreichen können.«

»Vermutlich werden wir auf unsere Urenkel warten müssen, bis wir wieder Turniertänzer in der Familie sehen.«

»Das werden wir dann nicht mehr erleben!« Er ließ ihre Hüfte los und schickte sie in eine langsame Drehung. Dabei beobachtete er wachsam ihren Gesichtsausdruck. »Ist es dir auch nicht zu viel, Rieke?«

»Aber nein. Es ist alles wunderbar.« Sie legte ihre Arme um seinen Hals und drückte ihr Gesicht an seines. »Ich fühle mich wie ein junges Mädchen.«

Er runzelte die Stirn. »Deswegen musst du dich aber nicht gleich wie eines benehmen. Wir fallen auf.«

»Alter Griesgram.« Sie lachte. »Natürlich fallen wir auf! Wie viele von den Vereinsmitgliedern hier haben uns schon einmal miteinander tanzen sehen?«

Er sah sich um. »Niemand!« Nach der nächsten Drehung blieb er stehen und sprach das Paar an, dem sie damit den Weg versperrten. »Da wundert ihr euch, was?«

Die ihn gehört hatten, lachten. Und dann bildeten die Paare um sie herum einen Kreis. Für einen Moment hielt sie die Luft an. Eigentlich war das erschreckend, aber es konnte tatsächlich zu Georges Ansehen beitragen, dass ihn die anderen tanzen sahen. Von den jungen Leute mochte manch einer glauben, er könne es längst nicht mehr.

Als der Tanz zu Ende ging, begann sie ihr Bein wieder zu spüren; aber um nichts in der Welt hätte sie das preisgegeben. Sie strahlte erst die Umstehenden an und winkte, als sei sie wieder bei einem Turnier; dann strahlte sie George an. So gut gelaunt und entspannt hatte sie ihn schon lange nicht mehr erlebt. Was mochte sich alles darauf aufbauen lassen!

2

Am Montagmorgen hatte Friederike noch immer Mühe, sich ungezwungen zu bewegen. Trotzdem legte sie eine CD ein und zwang ihre schmerzenden Glieder zum Gehorsam, während sie sich mit schwingenden Hüften zwischen Essecke, Kühlschrank und Herd bewegte.

George saß am Frühstückstisch und verfolgte wie schon den ganzen Sonntag ihre Bewegungen mit Argusaugen. Schließlich hielt er sie fest. »Der Ball hat dich wohl übermütig gemacht.«

»Ich habe ihn genossen. Mir war nicht klar, wie sehr das Tanzen mir gefehlt hat.«

»Wir hatten eine gute Zeit zusammen; mir fehlt es zuweilen auch.« Er zog sie auf den Stuhl neben sich. »Aber wir haben auch ohne unseren Tanz ein gutes Leben.« Dachte er das wirklich? Warum verbrachte er dann fast alle freie Zeit im Tanzclub? Er strich ihr über den Rücken, als müsse er sie besänftigen. »Wir können die Zeit nicht zurückdrehen. Wir sind auch keine zwanzig mehr.«

»Du denkst, ich kann das nicht mehr!« Hatte sie ihm noch nicht oft genug bewiesen, dass sie alles schaffte, was sie wollte?

»Schau dir an, wie du dich quälst, Rieke!« Er presste ungeduldig die Lippen zusammen. »Das war nicht mal eine halbe Stunde. Mit langen Pausen dazwischen. Vor zwei Tagen!«

In einem hatte er natürlich recht: So ging es *noch* nicht. Aber sie wollte wieder tanzen und würde es fertigbringen, wie alles andere auch nach ihrem Unfall. Und mit dem Tanz würde sie auch ihre Ehe zurückbekommen. »Natürlich. Das erste Mal nach ... nach sechzehn Jahren.« Fast automatisch legte sie die Hand auf ihr Bein. »Das ist kein Muskel mehr. Alles Cellulite.«

»Was?« In seinem Blick stand Ratlosigkeit.

»Der große Kummer aller älter werdenden Frauen: Wabbelfleisch an den Oberschenkeln.«

Die Erklärung ließ ihn nur noch irritierter blicken; da beendete sie das Gespräch lieber.

∗∗∗

Am Vormittag saß Friederike in ihrem Büro im Friedrich-Meinecke-Institut. Wenn sie von ihrem Computer aufstand, um sich zu strecken, machte sie Tanzschritte. Im Fachbereich waren sie gewohnt, dass Musik in ihrem Büro lief. Roberta Flaim, ihrer Sekretärin, würde es nicht auffallen, dass es statt Menuett plötzlich Tango war. Aber allein war es natürlich nicht dasselbe wie mit einem Partner.

Mittags klopfte Michael Hagwarth an ihre Tür. Der nur wenig ältere Kollege forschte über okzitanische Musik des Mittelalters; gemeinsam arbeiteten sie an einem Forschungsprojekt über die Ursprünge der höfischen Tänze des Barock.

Gedankenverloren massierte sie ihren Oberschenkel, während er ihr auf seinem Laptop Musik-Passagen vorspielte, die er zu einer Collage zusammengestellt hatte.

Plötzlich schaltete er mitten in einem Stück aus. »Was ist mit deinem Bein? Hast du dir weh getan?«

Aus Verlegenheit schoss ihr eine Hitzewelle ins Gesicht. »Ach, es ist gar nichts.«

»Du hast dich überanstrengt.« Er musterte sie genauso skeptisch, wie George es seit dem Ball getan hatte. »Passt denn niemand auf dich auf?«

»Du weißt doch, dass mich nichts aufhält.«

»Allerdings!« Sein Blick wurde noch wachsamer als zuvor. »Und was hast du dieses Mal angestellt?«

Sie schmunzelte; aber ihm brauchte sie anders als George nichts zu verheimlichen. Michael packte sie nicht in Watte. »Ich war tanzen.«

»Tanzen?« Ihm blieb für einen Moment der Mund offen stehen. Dann lächelte er. »Tanzen ist fein! Und ich dachte, du interessierst dich rein wissenschaftlich für Gagliarden und Menuette.«

»Allerdings brauche ich einen Tanzpartner!«

Er starrte sie verblüfft an. »Was ist mit deinem Mann?«

»Ich habe ihm nicht gesagt, dass ich wieder tanzen will.«

»Rieke, Rieke!« Er setzte sich auf die Kante ihres Schreibtischs. »Du hintergehst deinen Mann? Nach so vielen Jahren?«

Sie lachte amüsiert. »Nach so vielen Jahren wird es vielleicht mal Zeit dafür.«

Michael sah schockiert aus.

»Ich habe nicht die Absicht, ihn zu hintergehen, wie du es nennst. Aber eine Frau braucht ihre kleinen Geheimnisse. Wie sonst sollten wir euch von Zeit zu Zeit überraschen?«

»Und warum verrätst du mir das jetzt?«

»Geh mit mir tanzen.« Sie schaltete die Musik in ihrem Computer ein und bewegte sich zu einem Paso Doble, so gut es alleine ging. Der Cha-Cha-Cha danach war einfacher in der Vorführung. Dann stand sie still und sah ihn erwartungsvoll an.

Er lachte leise. »Was war das? Du willst mich überzeugen, dass ich mich nicht mit dir blamiere?« Er stand auf, zählte einen Takt des Tangos, der inzwischen lief, und nahm sie dann in Tanzhaltung. »Es ist viel zu eng hier«, sagte er nach drei Schritten. »Wir müssen woanders hingehen.« Er lenkte sie dennoch in eine Promenade. »Aber wenn du deinen Mann hintergehen willst, dürfen wir wohl nicht in seinen Verein. Oder gibt es eine Chance, dass wir dort unentdeckt bleiben?«

»Ich will ihn überraschen, nicht hintergehen.« Sie grinste verschmitzt. »Wenn er mich im Tanzkreis entdeckt, wird er auch überrascht sein.«

»Und das ist gut?«

»Schorsch würde sich nie dazu herablassen, im Tanzkreis zu tanzen.« Sie zuckte die Achseln. »Das wäre ja fast, wie in einen Anfängerkurs zu gehen.«

Er blickte sie misstrauisch an. »Und das hältst du für gut?«, wiederholte er

»Ich werde es merken.« Sie lachte über sein düsteres Gesicht. »Was soll sein?«

»Er könnte auf die Idee kommen, mich zu verhauen.«

»Dann beschütze ich dich.«

Er grinste. »Bist du denn stark genug?«

»Ich werde mich in meinen Fitnessstudio zu einem Karate-Kurs anmelden.«

»Dann wage ich es. Sag mir nur, wann du genug Karate gelernt hast. «

3

Friederike hatte Madeline eingeweiht und vier Wochen später wagte sie sich in den Tanzclub Lietzensee. Jetzt würde sich zeigen, wie viel das zusätzliche Training in ihrem Fitnessstudio nützte.

»Familienausflug«, verkündete Madeline der erstaunten Marga Fischer, als sie eine Stunde vor Beginn des Tanzkreises die Vereinsräume betraten.

»Hast du wieder Nachhilfe bei Chris?« Marga sah von der Kiste Wasserflaschen auf, die sie gerade in den Kühlschrank hinter der Bar leerte. »Ich dachte, das macht ihr nicht mehr hier.«

»Chris hat Schicht. Er wird wieder erst in der letzten Minute auftauchen.« Sie schob Friederike näher an die Bar. »Großmama ist heute unsere Nachhilfeschülerin.«

»Aber Schorsch ist heute und morgen auf Rügen, um die Norddeutschen Meisterschaften vorzubereiten.« Marga zog einen Kasten Bier vor die offene Kühlschranktür.

»Großpapa kommt heute nicht. Genau!« Madeline nickte. »Sie hat einen Kollegen aus ihrem Fachbereich engagiert und Hinnerk kommt auch. Der wird ihnen zeigen, was Ines gerade macht.«

Hinnerk Martens, Madelines Partner im Square Dance, war auch im Tanzkreis auf dem Laufenden, weil er oft aushalf, wenn dort ein Herr ausfiel. Darum hatte sie ihn breitgeschlagen, Friederike und Michael in das aktuelle Trainingsprogramm des Tanzkreises einzuführen.

Friederike wusste nicht recht, was sie von Margas Miene halten sollte. Aber was ging es die Bürohilfe an? Sie hatte ihre

Mitgliedschaft zu registrieren und sie in den Tanzkreis einzuschreiben. Und ihr nachher eine Flasche Wasser hinzustellen.

»Was sagt Schorsch dazu?« Diese Marga war wirklich neugierig.

»Kann ich den Schlüssel für die Anlage bekommen?« Madeline schien Friederikes Unbehagen bemerkt zu haben; sie kehrte die Enkelin des Vorsitzenden heraus mit dieser Frage.

Marga ließ sich tatsächlich ablenken und ging ins Büro, um ihn zu holen.

Friederike drückte Madeline dankbar die Hand.

Bevor Marga zurückkam, schaute Hinnerk um die Ecke. »Keine Parkplätze mal wieder.« Er schnitt eine Grimasse. »Beinahe hätte ich in Hongkong geparkt.«

»Wir haben noch keinen Hubschrauber-Landeplatz auf dem Dach«, kam Margas Stimme hinter ihm. Sie konnte auch witzig? Das war beruhigend. – Marga hielt Madeline den Schlüssel hin. »Es ist höchst irregulär.«

»Warum? Die Turnierpaare tanzen auch alleine.«

»Frau Lagrange ist nicht einmal Vereinsmitglied.« Wieder ein missbilligender Blick.

Friederike zog irritiert die Augenbrauen hoch. Was glaubte Marga beschützen zu müssen? »Warum hast du mir keinen Aufnahmeantrag mitgebracht? War es nicht deutlich genug, dass ich in den Tanzkreis möchte?«

Marga beugte sich wieder über den Bierkasten. »Wir waren bei der Feststellung stehen geblieben, dass Schorsch heute auf Rügen ist.«

»Ach? Ich wusste nicht, dass der Vorsitzende die Aufnahmeanträge genehmigen muss.«

Marga seufzte und ging ins Büro zurück.

»So kenne ich sie gar nicht«, flüsterte Madeline. »Was ist nur in sie gefahren?«

Gleich darauf empfing Madeline Michael wie die Herrin des Hauses, bevor Marga mehr als ein »Guten Abend« herausbringen konnte. Die Liebe hatte sie offensichtlich selbstbewusst gemacht: Sie hatte ja wahrhaftig eine Schlacht gewonnen, als sie George Paroli geboten hatte.

Madeline ging selber ins Büro, um einen zweiten Aufnahmeantrag zu holen. »Für nachher! Es gibt immer noch so etwas wie eine Probestunde.«

Friederike lachte. »Du weißt, dass ich das nicht brauche.«

»Und wenn es doch zu anstrengend ist?« Marga machte immer mehr den Eindruck, als wolle sie sie fernhalten.

»Das kriegen wir hin«, erklärte Michael. »Eure Trainerin wird uns bestimmt nicht den Kopf abreißen, wenn wir die Pausen auf eigene Faust verlängern.«

Marga schüttelte den Kopf. »Und wenn das dann alle machen?«

»Marga!« Madeline blitzte sie an. »Jetzt hör aber auf. Du klingst gerade, als wolltest du Großmama nicht tanzen lassen. Soll sie sich vielleicht einen anderen Verein suchen?«

Hinnerk feixte. »Was würde Schorsch dazu sagen?«

Madeline stellte die Füße auseinander und senkte ihre Stimme, so tief sie konnte. »Rieke, du schadest dem Ansehen unseres Vereins.« Und dann mit ihrer normalen Stimme: »Das soll heißen, du machst mich als Vorstand unmöglich.«

Marga schien schockiert. »Wie redest du von deinem Großvater?«

»Lass gut sein, Marga. Das ist eine Familienangelegenheit.« Madeline nahm den Schlüssel für die Anlage und ging in den kleinen Tanzsaal.

Friederike und Michael ließen die Aufnahmeanträge bei Marga an der Bar liegen und folgten ihr. Hinnerk holte mehrere CDs aus dem Schrank im Saal; er legte einen Langsamen Walzer auf.

»Friederike, an welche Schritte erinnerst du dich noch? Michael, wie gut kannst du tanzen?« Madeline lehnte sich neben Hinnerk an die Wand. »Zeigt es uns. Dann lassen wir uns von Hinnerk vorführen, was Ines zuletzt im Tanzkreis geübt hat.«

Michael führte Friederike in vorschriftsmäßiger Haltung in die Mitte des Parketts. Weil in seinen Augen der Schalk aufblitzte, beantwortete sie das Neigen seines Kopfes mit einem Hofknicks, den nur knielangen Rock in der rechten Hand gerafft. Sie wusste schon jetzt, dass sie grandiosen Spaß haben würde.

Er hielt sie nicht ganz korrekt; seine Hand war ein wenig zu tief in ihrem Rücken. Aber es störte sie nicht: Es fühlte sich wie eine gut gemeinte Stütze an oder als ob er sie so leichter führen könnte. Tatsächlich nahm er seine Hand nach ein paar Schritten höher. Die erste Länge des Saals entlang tanzte er nur die Grundschritte und ihr wurde bewusst, dass sie ihn nicht gefragt hatte, wie gut er überhaupt tanzen konnte. Aber das war eigentlich auch egal.

»Wie fühlst du dich, Friederike?«

»Bestens.« Sie strahlte ihn an und schob ihre Hand ein wenig höher an seine Schulter heran; es war eine automatische Bewegung aus ihrer Zeit mit George. Erst, als er sie ein wenig verblüfft ansah, fiel es ihr auf. »Schone mich nicht; sonst langweilst du dich noch.« In Wahrheit begann sie selber, die Bewegungen eintönig zu finden. Plötzlich verstand sie Georges Ansprüche ein wenig.

Im nächsten Moment überraschte Michael sie mit Schritten, die auf dem Niveau von beginnenden Turniertänzern lagen. Sie ging mühelos mit ihm mit und begann bald, vor Eifer zu glühen.

Michael blieb abrupt stehen und legte eine Hand auf ihre Wange. »Geht es dir gut?«

»Bestens«, wiederholte sie. Sie hatte wohl wenig überzeugend geklungen, denn sein Blick blieb besorgt. Sie drückte ihr Gesicht gegen seine Hand, die noch immer auf ihrer Wange lag. »Du weißt, dass ich dir nie etwas vormache.« Mit der Hand auf seiner Schulter schob sie ihn in eine Bewegung.

Er gehorchte und sie tanzten weiter. Jede Figur wiederholte er zwei Mal, bevor er zur nächsten ging. Nichts davon war sonderlich anstrengend – es war ja nur ein Langsamer Walzer. Als die Musik verklang, wusste sie, dass sich die extra Stunden im Fitnessstudio ausgezahlt hatten. Ihr Oberschenkel zuckte und pochte nicht. Unauffällig legte sie ihre Hand darauf. Er fühlte sich kühl an unter dem Stoff.

Hinnerk klatschte zwei Mal in die Hände.

»Bravo«, sagte Madeline. »Mir scheint, ich habe auf dem Faschingsball etwas verpasst.«

»Du hattest Wichtigeres zu tun als mir alter Frau zuzusehen.« Erleichtert atmete sie aus.

Michael musste sie haargenau beobachtet haben, denn sofort gingen seine Augenbrauen nach oben.

Sie lachte, ganz entspannt. »Ich habe nicht nach Luft geschnappt. Das war ein Seufzer der Zufriedenheit.«

Er nickte. »Es hätte mich auch gewundert. An Ausdauer fehlt es dir gewiss nicht.«

»Was kommt als nächstes, Hinnerk?«

»Du hast die Wahl, Großmama.« Madeline hielt ihr zwei CDs vor die Nase. »Noch mehr Standard oder Latein? Beides ist aktuelles Programm im Tanzkreis.«

»Ich habe Latein immer viel aufregender gefunden.« Es entsprach ihrem Temperament und sie mochte die Musiken von Ravel und da Falla auch viel lieber als die von Strauß und Gershwin.

Michael lockerte sich in den Knien und machte dann zwei Tango-Schritte. »Und wie wäre es damit?«

Sie nickte; Piazolla war auch schön ... Tango ein guter Kompromiss. Obgleich er zu den Standardtänzen zählte, war er doch rassig wie die lateinamerikanischen. Ihr Atem wurde flach bei dem Gedanken, ihr Bein an Michaels Oberschenkel entlangzustreichen.

»Tango also!« Hinnerk legte die CD ein.

Es war wie ein Traum. Friederike tanzte die meiste Zeit mit geschlossenen Augen; öffnete sie nur, wenn Michael sie in eine Bewegung schickte, aus der heraus sie alleine den Weg zu ihm zurückfinden musste.

Kurz vor dem Ende des Stücks hielt er an.

Überrascht öffnete sie die Augen. »Alles bestens! Alles okay.«

»Nein!« Seine Stimme hatte einen harten Klang. »Wie lange wirst du mit mir tanzen, bis dein Mann dich für sich beansprucht?«

»Das hältst du von mir?« Sie würgte die Worte mühsam hervor, mit plötzlichen Tränen kämpfend. »Glaubst du wirklich, ich würde dich benutzen?«

»Aber das ist es doch, was du willst: Wieder mit Schorsch tanzen können, damit eure Ehe so wird wie früher.«

Das konnte sie schlecht leugnen. Es wäre gelogen und er wüsste es. »Schorsch würde sich nie dazu herablassen, in einem Tanzkreis zu tanzen. Er erträgt ihn zähneknirschend, damit der Verein Nachwuchs heranziehen kann. Der Tanzclub Lietzensee hat nicht genug zu bieten, um gestandene Turniertänzer zu ködern.«

»Und du willst auch mehr als den Tanzkreis.«

Friederike schüttelte den Kopf. Und das war die Wahrheit – wie sie sie im Augenblick sah. »Ich bin einfach nur glücklich, dass ich mich zurück aufs Parkett wagen kann.« Sie sah ihn bittend an. »Können wir nachher weiter darüber reden?«

Er seufzte und ging mit ihr zu Madeline und Hinnerk.

»So, nun schauen wir uns das aktuelle Programm von Ines an. Einverstanden?« Madeline blickte durch die Tür auf die Uhr über der Bar. »Eine halbe Stunde haben wir noch bis zum Beginn.«

»Wir sollten aber nicht bis zur letzten Minute...« Michael blickte Friederike fragend an. »Zehn Minuten Tango, zehn Minuten Langsamer Walzer.« Sein Blick wurde unsicher. »Damit du eine kurze Pause hast.«

»Keine Sorge! Ich nehm es dir nicht krumm, dass du mich zu einer Pause verdonnerst. Du hast ja recht.« Sie lachte, als er entschuldigend die Hände hob. »Ausnahmsweise einmal.«

Und er hatte wirklich recht. Nach diesen zwanzig Minuten war sie mehr als froh, sich hinzusetzen und ihren Oberschenkel zu massieren.

»Trainingsdefizit.« Sie ließ sich von Marga ein Mineralwasser geben. »Und Michael hat mir heimlich zehn Kilo Blei ans Bein gehängt.«

Sie hatten gerade rechtzeitig aufgehört; kurz darauf trafen die ersten Teilnehmer des Tanzkreises ein. Sie begrüßten Madeline mit unverhohlener Überraschung. Dass Hinnerk hin und wieder einsprang, wenn ein Herr fehlte, waren sie gewohnt. Aber von Madeline war allgemein bekannt, dass sie mit dem Square Dance die Liebe ihres Lebens gefunden hatte. In jeder Hinsicht.

Dann war ihre Überraschung noch größer, als sie erfuhren, dass Friederike tanzen wollte. Und die ganze Zeit stand Marga mit missbilligender Miene hinter der Theke.

Als Ines Grube, die Trainerin, zum Beginn rief, füllten Friederike und Michael schnell die Anmeldungen aus.

»Damit habe ich meine Seele verkauft.« Michael schob Marga sein Formular hin.

»Auf Gedeih und Verderb!« Zum ersten Mal an diesem Abend verzog sich Margas Gesicht zu einem Lächeln.

Hinnerk blieb an der Bar sitzen, aber Madelinie lief neben Friederike her, als sie mit Michael zum Tanzsaal ging.

An der Tür hielt sie Friederike auf und flüsterte ihr ins Ohr: »Du solltest Großpapa besser anrufen und nicht warten, bis er zurückkommt.«

»Warum das denn?«

Madeline sah zur Bar zurück. »Du möchtest doch sicher, dass er es von dir erfährt.«

Michael folgte ihrem Blick. »Aha!«

»Was heißt ‚Aha‘?«

»Die Frau an der Bar hat vermutlich ein paar Gefühle zu viel investiert.«

»Sie ist verheiratet!«

Michael hob die Schultern. »Was heißt das schon!«

Ines lächelte zu ihnen herüber. »Wir haben heute Abend ein neues Paar in unserem Kreis. Ich hoffe, sie werden sich bei uns wohl fühlen und bleiben: Friederike Lagrange und Michael Hagwarth. Manche von euch kennen Friederike schon als Frau unseres Vorsitzenden. Aber die meisten von euch sind zu jung, um sie als Turniertänzerin erlebt zu haben.« Sie kam auf Friederike zu und drückte ihr die Hand. »*Welcome back* in unserer Welt.«

»Danke.« Friederike schluckte schwer.

Ines blieb neben ihr stehen, während sie die Anweisungen für den ersten Tanz gab. Eine neue Figur für den Tango; aber nur wenig anders als das, was Friederike zuvor mit Michael probiert hatte. Zuversichtlich ließ sie ihn auf die andere Seite des Saals gehen: Die Herren hatten zuerst alleine zu üben, was Ines ihnen vormachte.

An Friederikes anderer Seite stand Tanja Walters, die sie als eine von Madelines Freundinnen kennengelernt hatte. Tanja war eigentlich Square Dancerin, besuchte den Tanzkreis aber ihrem jüngeren Bruder Axel zuliebe. Sie flüsterte Friederike ins Ohr. »Die Ines ist eine verkappte Feministin. Sie triezt die Männer, bis der Schritt sitzt. Weil wir Frauen ihn fast von alleine können, wenn die uns richtig führen.«

Friederike fiel die Kinnlade herab.

»Psst, nicht weitersagen.«

Tatsächlich ließ Ines anschließend die Damen ihre Schritte nur zwei Mal alleine machen, bevor sie sie zusammen tanzen ließ. Ines' Methode war entweder wirkungsvoll oder Michael ein noch begabterer Tänzer als sie geahnt hatte.

Nach dem Tango kam ein Langsamer Walzer, aber ihr Bein schmerzte schon. Trotzdem wollte sie den Spaß nicht beenden und begann den Tanz mit zusammengebissenen

Zähnen. Aber nach drei Schritten zog Michael sie an den Rand. Sein Blick war ein einziger Vorwurf.

»Ich möchte noch nicht aufhören!« Sie sah ihn flehend an. »Bitte!«

»Einverstanden. – Wenn du dir jetzt zehn Minuten Pause erlaubst.« Er legte den Arm um ihre Schultern und nickte Ines zu.

Leise öffnete er die Tür und führte sie zur Bar.

Madeline hielt Friederike ihr Handy entgegen. »Ich weiß, du benutzt keines in deiner Freizeit. Die Acht.«

Das lenkte sie einen Moment lang von ihrem Frust über Michael ab. »Du hast eine Schnellwahl für Schorschs Nummer?«

Madeline zuckte die Achseln. »Immerhin bin ich Vereinsmitglied.« Sie bewegte ihren Kopf zwei Zentimeter in Margas Richtung, die gebückt vor dem Kühlschrank stand und Flaschen ins unterste Fach räumte. Das sollte wohl heißen, es war eilig, Schorsch anzurufen.

Friederike mochte es immer noch nicht glauben. Marga hatte den Ruf, hilfsbereit und fürsorglich zu sein. Es hieß, ohne sie würde der Vereinsalltag nur halb so reibungslos laufen. Allerdings war es vorhin unübersehbar gewesen, dass sie sich zur Einmischung berufen fühlte.

Michael stellte ihr ein Fläschchen Prosecco vor die Nase. »Das oder lieber ein Wasser?«

»Wasser; ich habe Durst.«

Madeline nahm den Prosecco an sich und beugte sich über die Theke nach einem Glas. »Marga, schiebst du ein Sprudel für Groß... für Friederike rüber?« Sie grinste Friederike an. »Du bist nicht alt genug, diesen Titel in der Öffentlichkeit zu tragen.«

Michael lachte herzhaft. »Da sagst du etwas Wahres!«

Marga brachte ihr das Wasser. Sie trank, während sie dem Freizeichen auf dem Handy zuhörte. Dann sprang der Anrufbeantworter an. »Schorsch ist jetzt nicht zu sprechen.« Dann bestand auch nicht die Gefahr, dass Marga ihn erreichte.

Sie rutschte von ihrem Hocker und bewegte probehalber

das linke Bein seitwärts und nach hinten. Es konnte weitergehen. »Alles bestens!« Wie oft hatte sie das an diesem Abend eigentlich schon gesagt? Sie hakte sich bei Michael ein.

»Wenn du das nächste Mal Pause machst, musst du auf mich verzichten«, sagte Madeline. »Soll ich dir das Handy hier an der Bar lassen?«

»Friederike kann meines benutzen.« Michael warf einen Blick auf Marga. »Wenn es wirklich so eilig ist.«

Ines war inzwischen beim Slowfox angekommen. Nach einem Tanz machte sich in Friederikes Oberschenkel ein ziehender Schmerz bemerkbar, aber es gelang ihr, entspannt neben Michael stehen zu bleiben, sodass er nichts merkte. Sie übte die nächste Schrittfolge mit ihm; es war alles so vertraut. Wenn nur ihr Bein durchhielte, wäre es überhaupt kein Problem, wieder zu tanzen. – Übung; ein paar Monate Übung brauchte sie, damit die Muskeln wieder stark wurden.

Dann ging Ines zur Anlage und schaltete die Musik ein.

Sie hielt Michael fest. »Das möchte ich jetzt auslassen.«

Er nickte. »Ich hätte wissen müssen, dass ich dir vertrauen kann.«

Dieses Mal wechselte er zuerst ein paar Worte mit Ines, bevor er mit ihr den Saal verließ.

Hinnerk saß inzwischen nicht mehr an der Bar; Madeline natürlich auch nicht. Die Tür zum großen Saal war jetzt geschlossen; gedämpft drang *Country Music* heraus.

»Wasser?«

Friederike schüttelte den Kopf.

»Handy?«

Sie zögerte. Eigentlich müsste es George doch seltsam vorkommen, wenn sie jetzt direkt aus dem Verein anrief. So ganz ohne dringenden Grund.

Michael verwickelte Marga in ein Gespräch, indem er sie über ihre Arbeit ausfragte und dann über die Gruppen, die es im Verein aktuell gab. Natürlich erlag sie innerhalb von fünf Minuten seinem Charme. Das war Friederike schon klar gewesen in dem Augenblick, in dem sie auf Michaels dummen Spruch mit einer Albernheit reagiert hatte. Mehrmals lachte sie sogar laut auf.

Marga saugte jedes Wort der Anerkennung auf wie ein Schwamm. Plötzlich glaubte Friederike Michaels Vermutung, dass Marga sich ein wenig – oder auch ein bisschen mehr – in George verguckt hatte. George verstand es genauso wie Michael, die Leute um den Finger zu wickeln. Deswegen war er schon so viele Jahre unangefochten Vorsitzender und Aushängeschild des Tanzclubs Lietzensee. Natürlich auch, weil es nicht unbedingt ein Job war, den jeder machen wollte. Wer war schon wie George bereit, quasi Tag und Nacht für den Verein da zu sein? Außer Marga?

Marga war genauso engagiert wie George: Was sie Michael erzählte, hörte sich jedenfalls so an. Es passte auch zu den Bemerkungen, die sie gelegentlich über sie aufgeschnappt hatte.

Da rief sie George doch besser gleich an. Vielleicht pflegte Marga ihm zum Ende des Abends Bericht zu erstatten. Und wenn sie dann ein Wort über ihre Anwesenheit verlöre ...

Friederike streckte die Hand nach Michael aus. »Handy bitte.«

Er fischte es aus seiner Hosentasche und hielt es ihr hin, während er das Gespräch mit Marga fortsetzte. Dann lehnte er sich sogar noch über die Theke: Ablenkungsmanöver. Sie sollte unbelauscht telefonieren können.

Trotzdem ging sie ein paar Schritte von der Bar weg, bevor sie Georges Handy-Nummer wählte.

Dieses Mal nahm er das Gespräch gleich nach dem ersten Klingeln an. Im Hintergrund lief ein Fernseher; die Sitzung war also zu Ende.

»Guten Abend, Schorsch!«

»Rieke! Das ist aber schön, dass du anrufst. Die Sitzung ist vor fünf Minuten zu Ende gegangen und ich habe mir gerade einen Wein aus der Mini-Bar aufgemacht.«

Sie lauschte nach den Hintergrundgeräuschen: keine Stimmen. Er wurde nicht abgelenkt. Allenfalls vom Fernseher.

»Moment.« Das Fernsehgerät verstummte. Dann begann er von der Sitzung zu erzählen; in seiner Begeisterung überschüttete er sie mit einem Wortschwall. Wenn sie ihn jetzt nicht unterbrach, käme sie nicht mehr zum Tanzen.

Sie hielt das Handy hoch, um etwas von der Tanzmusik einzufangen, die leise durch die gepolsterten Türen der Säle zur Bar drang.

Da hielt er inne; ein Geräusch verriet, dass er seine Position veränderte.»Wo bist du, Rieke?«

»Du würdest es nicht erraten.« Sie ließ ihn ihr Lächeln hören.

»Im Verein? Hast du Madeline zu ihrer Gruppe gebracht?«

»Im Verein; richtig. Aber umgekehrt: Madeline hat mich zu meiner Gruppe gebracht.«

Langsam kam Staunen in Georges Stimme. »Deine Gruppe.« Er räusperte sich. »Tanzkreis. Du machst wirklich ernst?«

»Hast du mir das nicht zugetraut?«

»Dir traue ich alles zu, *Chérie*.« Wieder wechselte er die Position; seine Stimme verlor etwas von ihrem warmen Klang. »Rieke, mach dich nicht unglücklich. Hernach kannst du wieder wochenlang nicht laufen.«

»Ich tanze, ich laufe nicht. Ich weiß deine Sorge zu schätzen; das weißt du. Aber hör auf, mich in Watte zu packen. Das bekommt mir nicht.«

»Rieke!« Was hieß das? Er schien sich nicht zu freuen. Fast klang es, als billige er es nicht. »Und mit wem tanzt du?«

»Michael Hagwarth aus der Abteilung Mittelalterliche Geschichte.«

»Wer?«

»Mein Kollege im Projekt ‚Tanz‘.«

»Da hast du aber Glück gehabt.« Es klang aber nicht so. Eher, als sei er pikiert darüber, dass sie jemanden gefunden hatte, der bereit war, mit ihr zu tanzen.

»Er wartet.« Sie beendete das Gespräch schnell mit der Frage, wann er wieder zu Hause wäre.

Als sie das Handy zuklappte und sich umwandte, kreuzte sie Margas Blick. Vermutlich war es wirklich gut gewesen, ihn anzurufen, bevor Marga ihm erzählte, dass sie tanzen war.

Sie hasste das. Es gab genug Intrigen am Fachbereich; sie musste das nicht auch noch hier haben. Das vor allem war der Grund gewesen, warum sie sich ganz vom Tanzclub ferngehalten hatte; nicht das Bedauern über die verlorene Tanz-Karriere.

Ines beendete den Abend mit einem Cha-Cha-Cha und Friederike war erholt genug, sich von Michael noch einmal aufs Parkett führen zu lassen.

Als sie dann nach Hause kam, hinkte sie und sie musste sich aufs Geländer stützen, um die Treppe hinaufzukommen. Aber um nichts in der Welt hätte sie den Fahrstuhl genommen. Wie gut, dass George auf Rügen war.

4

Am nächsten Morgen schlich Friederike mit schmerzenden Beinen durchs Haus: Muskelkater. Ihr Oberschenkel machte sich zwar auch höchst unangenehm bemerkbar, aber der Muskelkater überwog: Es freute sie regelrecht, war es doch ein wenig wie in alten Zeiten.

Sie ließ ein heißes Bad ein, nahm ihren Kaffee und ihren E-Book-Reader und machte es sich den ganzen Vormittag lang in der Wanne gemütlich. Anschließend ging es ihr besser, aber die nächsten zwei Tage würde sie gewiss noch brauchen, um den Muskelkater ganz zu bannen. Hoffentlich schlich Michael am Montag genauso herum wie sie.

George kam erst am späten Abend zurück. Sie hatte noch einmal heiß geduscht und sich dann mit einem Wein vor dem Spätfilm niedergelassen. Er beobachtete sie wieder einmal mit Argusaugen, als sie die Weinflasche aus der Küche holte.

Sie schenkte ein und hielt ihm das Glas hin. »Ich habe einen Muskelkater wie in alten Zeiten.«

»Das heißt vermutlich, du hast dir wie in alten Zeiten zu viel zugemutet.« Als ob nicht er sie immer getrieben hätte. Aber anders als früher drückte sein Blick jetzt Missbilligung aus, nicht Anerkennung für ihre Mühe.

Sie setzte sich neben ihm aufs Sofa und zog ihre Beine hoch. »Ich wusste nicht, dass es noch ein paar Muskeln mehr gibt, die ich in den letzten Wochen hätte trainieren sollen. Ich habe nur an den Oberschenkel gedacht.«

George legte seine Hand darauf; dann auf den anderen und wieder zurück. »Es kommt mir vor, als sei er ein wenig warm.«

»Nicht warm genug.« Sie schob seine Hand ein Stück höher und drängte sich enger an ihn. »Fürsorge brauche ich von dir, nicht Sorge.« Sie knöpfte ihm das Hemd auf und legte ihre Hand auf seine nackte Brust. »Auch warm hier. Du warst fast zwei Tage fort.«

»Und jetzt soll ich was nachholen.« Er lachte rau. »Meinst du, ich kann es wiedergutmachen?«

»Vielleicht, wenn du sofort damit anfängst ...«

»Du hättest ja mitkommen können. Mich zwei Nächte in einem kalten Bett mir selbst überlassen; das war nicht nett von dir.«

»Dann habe ich eben auch etwas wiedergutzumachen.« Sie knabberte an seinem Hals. »Auge um Auge?«

Er öffnete ihren Hausmantel. »Biss um Biss ...« Und damit war das Gespräch für den Abend zu Ende.

Das war fast das einzige, was sich in den vielen Jahren ihrer Ehe nicht geändert hatte. George war ein großartiger Liebhaber, wenn auch unersättlich. Manchmal fragte sie sich, ob er bei ihr geblieben wäre, wenn der Unfall ihnen auch das genommen hätte. Doch sie hatte keinen Grund, an seiner Treue zu zweifeln. Er hatte sich nicht einmal eine neue Tanzpartnerin gesucht, obwohl sie ihn ausdrücklich dazu ermutigt hatte. Und eine wie Marga konnte ihr auch sonst nicht das Wasser reichen. Ob die Frau überhaupt tanzte?

Beim Frühstück berichtete George in endloser Breite von den Turnier-Vorbereitungen auf Rügen. Er war überzeugt, dass zumindest eines der beiden Paare des Tanzclubs Lietzensee gute Chancen hatte, auf die vorderen Plätze zu kommen. »Melanie Sturmann hätte auch eine gehabt. Aber sie hat jetzt zwei Mal in kurzer Zeit den Partner gewechselt. So etwas geht nie gut.« Er köpfte sein Ei. »Ich weiß schon, warum ich es damals nicht einmal versucht habe.«

»Man kann Tanzen auch ohne Turniere als Sport betreiben. Ausgleich für den Körper. Das überschüssige Adrenalin verbrennen.«

»Das ist nicht dasselbe.« George verzog sein Gesicht; gleich würde er verächtlich die Mundwinkel senken. »Ich leide nicht unter überschüssigem Adrenalin.« Sie hütete sich, dem zu widersprechen.

»Ehrgeiz ist auch nicht alles.« Manchmal hatte sie seinen Ehrgeiz gehasst. Noch eine halbe Stunde Training und noch mal eine halbe Stunde und noch mal ... Sie war viel zu oft viel zu müde nach Hause gefahren. An dem Unfall war der andere Fahrer schuld gewesen; aber wenn sie nicht so müde gewesen wäre, hätte sie schneller reagieren können, und dann, wer weiß ...

George stand plötzlich neben ihr und griff ihr unters Kinn. »Komm zurück, Rieke.« Er lächelte, aber in seinen Augen stand Besorgnis. Immer fürchtete er, sie könne sich überanstrengen. »Wirst du nächsten Freitag wieder in den Tanzkreis gehen?«

Warum fragte er das? Er wollte doch nicht etwa ... »Das ist der Plan.« Michael hatte ihr Wort; sie würde es gewiss nicht brechen. »Wir haben uns beide gleich im Verein eingeschrieben.« Sie ließ ihre Augen am Lächeln teilnehmen. »Damit ich erst gar nicht ins Zweifeln komme.«

»Oder dein Tanzpartner.«

»Oh der ... Der wird vermutlich noch oft zweifeln. An der Weisheit seiner Entscheidung.« Allerdings glaubte sie nicht, was sie da sagte. Michael war nicht so. »Er hat eine Menge Rücksichten zu nehmen – Kompromisse zu machen, bevor ich so weit bin, dass ich einen vollen Abend durchtanzen kann.«

»Sei vorsichtig, Rieke.«

»Das bin ich. Dies ist Spaß; echte Freizeit ohne Ziel und Zweck.«

George zog die Brauen hoch.

»Außer dem Zweck natürlich, das Tanzen zu genießen –

endlich wieder zu schweben.« Sie lächelte ihn an. »Ganz gleich, wie weit ich damit komme. Schließlich, in meinem Alter ...«

»In unserem Alter, Chérie! Ich bin inzwischen auch nicht jünger geworden. Und manche Dinge sollte man dann den wirklich Jungen überlassen.«

»Warum hast du gefragt, ob ich am Freitag wieder in den Tanzkreis gehe?«

Er strich ihr übers Haar. Wie sie diese Geste hasste. »Weil ich dann besser zu Hause bleibe. Wie sähe das denn aus, wenn ich daneben stünde? Als ob ich meine Frau bewachen würde.«

»Wo du doch schon auf Madeline aufpassen musstest.«

»Und das ist prompt schief gegangen.«

»Du meinst, es war erfolglos.«

»Nein, ich meine ‚schief gegangen‘. Du wirst sehen, das endet mit einer großen Tragödie. Deine Enkelin kennt kein Maß; sie kann nur Drama.«

»Chris ist ein guter Mann.«

»Umso schlimmer. Wenn sie in der Blüte ihres Lebens steht, geht er auf Rente.«

Das war mal wieder typisch; er konnte keine Niederlage einstecken. Wie hatten sie eigentlich die gemeinsamen Misserfolge überlebt?

Sie verkniff sich die Bemerkung, dass der Altersunterschied zwischen ihnen beiden praktisch ebenso groß war wie der zwischen Chris und Madeline.

5

Trotz der heißen Bäder und Georges Massagen stand Friederikes Muskelkater am Montag in voller Blüte. Als sie die Treppe zu ihrem Büro im Fachbereich hochschlich, begegnete ihr zuerst Thomas Immenfels, der Fachbereichsleiter: Er hielt sie höchst besorgt an und fragte, ob mit ihrem Bein etwas passiert sei. Dann kam Roberta hinter ihr die Treppe herauf und blieb schockiert stehen. Daraufhin entschied Friederike, dass sie sich bis zum Feierabend nicht mehr aus ihrem Büro fortbewegen würde.

Zum Ende des Vormittags kam Michael in ihr Büro getänzelt, wirklich und wahrhaftig getänzelt.

»Hast du dich erholt, Rieke?« Er gab ihr ein Küsschen auf die Wange. »Was ich so im Laufe des Morgens gehört habe ...« Er lachte; also nahm er es nicht ernst.

»Mein Muskelkater ist ein ausgewachsener Tiger.« Sie zuckte die Achseln.

»Und dein Bein? Alles bestens?«

»Alles bestens.«

Sie lachten sich über den Spruch an: ihr neuer *Running Gag.*

»Du dagegen – wie ich jetzt sehe, hast du in den letzten Wochen heimlich geübt. Dachte ich es mir doch fast, als ich am Freitag festgestellt habe, wie gut du tanzt.«

»Ich durfte dich doch nicht enttäuschen ... Nachdem du mir mit diesen strahlenden Augen von deinem Faschingsball erzählt hast.« Er schob einen Stapel Papiere beiseite und setzte sich neben ihr auf den Schreibtisch. »Ich kenn dich doch; weißt du das nicht?«

»Doch!« Aber musste Michael ihr dann nicht auch glauben, dass sie ihn im Tanzkreis nicht gegen George eintauschen würde?

»Und da ich wusste, dass du die ersten Schritte nicht mit deinem widerspenstigen Mann machen willst ...«

»Er ist wirklich ein bisschen ...« Nervös begann sie die Papiere zu sortieren, die Michael zusammengeschoben hatte. »Er sorgt sich ständig; klar. Aber ich dachte schon, er würde sich mehr freuen.«

»Dann ist es vermutlich gut, dass du ihn gleich angerufen hast.«

Sie nickte. »Er hat gefragt, ob wir am nächsten Freitag wieder in den Tanzkreis gehen.«

»Offensichtlich ist er wirklich nicht begeistert.«

»Du denkst dasselbe, was ich gedacht habe. Es ist aber ganz anders: Er will vermeiden, gleichzeitig mit mir aufzutauchen. Normalerweise verbringt er jeden Freitagabend im Verein.« Sie schmunzelte. »Schorsch ist immer für Überraschungen gut.«

»Nun ja. Aber deswegen bin ich nicht gekommen. Auch nicht, weil sich hier jemand sorgt.« Michael stieg von ihrem Schreibtisch herunter und öffnete seine Aktentasche. »Sondern, weil jemand neidisch zu sein scheint.« Er hielt ihr einen dünnen Ordner vor die Nase. »Du hast keine Kopie davon, nicht wahr?«

»Was ist das?« Sie griff nach dem Ordner und schlug ihn auf. Es war ein »*Call for Papers*« von der *Oxford University, Faculty of Music.* Die Musik-Fakultät der altehrwürdigen englischen Universität plante für den Herbst eine Tagung und lud zum Einreichen von Themen.

»Warum habe ich das nicht? Wie bist du dazu gekommen?«

»Zufällig. Tom sprach mich auf deinen lahmen Gang an und fragte, ob das der Grund sei, dass er von dir noch keinen Vorschlag erhalten hatte.« Er knurrte. »Ich war mir natürlich sicher, dass du mir davon erzählt hättest. So habe ich mir kein

Gewissen daraus gemacht zu behaupten, du wüsstest von nichts.«

Sie begann, den *Call for Papers* genauer zu lesen. »Meine Güte! Es ist ja gleich Abgabeschluss.«

»Deswegen hat Tom nachgefragt. Von Carlsen hat er vor einer Woche den Vorschlag bekommen; und da nun entschieden werden muss, wessen Reisespesen übernommen werden ...«

»Carlsen!« Der Mann war mehr auf Reisen als in seinen Vorlesungen.

»Toms Sekretärin steckt dahinter.«

Sie starrte ihn schockiert an.

»Karin reagierte komisch, als er sie bat, noch eine Kopie für dich zu machen. Und als er fragte, wann sie dir die erste geschickt hätte, bekam er keine Antwort.«

»Sie hat was mit dem Carlsen.«

»Dafür geht sie so weit, die Post an dich zu unterschlagen?« Jetzt war es Michael, der schockiert aussah. »Carlsen ist verheiratet!«

Friederike kochte vor Wut; aber sie hatte sich gut genug im Griff, um äußerlich unbewegt zu erscheinen. »Du weißt selber, welchen Stellenwert die Oxforder Konferenzen haben.«

»Das kann sie ihren Job kosten.«

»Den sie nicht mehr braucht, wenn er sie heiratet.«

Er lachte verächtlich. »Der Carlsen lässt sich für keine scheiden. Das hat schon mehr als eine versucht.«

»Oh ihr Männer! Ihr wisst das voneinander und lasst uns im Dunkeln?«

»Der übliche Männer... Tratsch. Womit sich einer halt brüstet nach einem Wochenende.«

Er setzte sich wieder auf ihren Schreibtisch. »Brauchst du meine Hilfe, um den Vorschlag rechtzeitig fertig zu haben?«

Sie blätterte den *Call* weiter durch, las einzelne Absätze

genauer. »Schreib mir eine Seite über deinen Teil unseres Projekts. Bis Freitag.«

»Und gleich kostet es uns den Tanzkreis.«

»Aber nein. Dummkopf! Du gibst mir deine Seite am Nachmittag und nach dem Kurs gehen wir in die Kneipe und diskutieren darüber. Und wenn ich nur mein Bein überanstrenge und nicht den Kopf, bin ich übers Wochenende in der Lage, alles fertig zu machen.« Sie grinste. »Eigentlich ist es wie in alten Zeiten: Tanztermine zwischen die Arbeit quetschen... Nein umgekehrt: die Arbeit zwischen Tanztermine quetschen.«

»Das muss manchmal ganz schön hart gewesen sein.«

»Aber das Tanzen ist nie zu kurz gekommen.« Sie lächelte ihn an. »Wird es jetzt auch nicht.«

Michael erwiderte ihr Lächeln aber nicht. »Damals hattest du deine Professur noch nicht.«

»Nein.« Er sah sie weiter an; er wartete auf mehr als das. »Und ohne den Unfall hätte ich sie vermutlich auch nie bekommen.« In den endlosen ersten Monaten, als sie sich kaum rühren konnte, hatte sie nichts als Bücher gehabt, um die Zeit totzuschlagen. Und all die wissenschaftlichen Zeitschriften, die George ihr fast täglich gebracht hatte, hatten ihr geholfen, sich zu spezialisieren. Genug, um sich für einen Lehrstuhl zu bewerben, sobald sie sich im Rollstuhl bewegen konnte. Damals hatte sie sich Freunde am Fachbereich gemacht: Menschen, die sie für ihre Zähigkeit bewunderten. Und ein paar Feinde wie den Carlsen, der meinte, sie habe sich mit Hilfe des Schwerbehindertengesetzes den Platz ergattert, der ihm zugestanden hatte. Und als sie dann immer mehr gesundete... An dem Tag, als sie zum ersten Mal zu Fuß in den Fachbereich gekommen war, hatte er sie angeschaut, als würde er sie am liebsten die Treppe hinunterwerfen.

Und nun hatte Toms Sekretärin versucht, sie auszubooten. So wie sie Carlsen kannte, hatte er sein Papier schon abge-

schickt; überzeugt, nun der einzige zu sein, der einen Reisekostenantrag stellen würde. Aber ihr Papier würde das Bessere sein – Tom hatte einen guten Grund gehabt, bei Michael
nachzufragen: Er wollte, dass ihr Projekt die laufende Arbeit
des Instituts repräsentierte. Carlsen würde auf eigene Kosten
nach Oxford fahren oder verzichten müssen.

Nachdem Michael gegangen war, machte sie sich an die
Arbeit. Zuerst skizzierte sie eine Inhaltsangabe für ihren Vortrag; dann rief sie in Toms Büro an, um den Vorschlag mit
ihm zu diskutieren. Sie hatte keine Zeit für eine zweite Fassung: Gleich der erste Entwurf musste seinen Vorstellungen
entsprechen, damit er sich im Fachbereichsrat ohne Wenn
und Aber hinter ihren Reisekostenantrag stellen konnte.

Zu ihrer Überraschung meldete sich in Toms Sekretariat
eine fremde Stimme, um sie durchzustellen. Tom erklärte
ihr dann ohne Umschweife, dass seine Sekretärin beurlaubt
sei.

Friederike schluckte. Karin war ein nettes Mädchen. Eigentlich hatte sie das nicht verdient, dass sie wegen dieser unseligen Affäre ihren Job verlor. Aber sie sagte nichts dazu; sie
war nicht anderer Leute Hüter.

Stattdessen bat sie Tom um seine Meinung zu ihrem geplanten Beitrag. Er überraschte sie gleich noch einmal, denn
er schlug vor, Michaels Projektteil größer herauszustellen und
ihn nach Oxford mitzunehmen. Auf Kosten des Fachbereichs
selbstverständlich.

Natürlich stimmte sie zu. Es war eine großartige Gelegenheit für Michael, sich einen Namen zu machen. Sie war doch
anderer Leute Hüter. Manchmal.

Anschließend hatte sie alle Mühe, Michael schonend beizubringen, dass sie den Tanzkreis vielleicht doch ausfallen lassen müssten, weil sein Beitrag ausführlicher werden sollte als
gedacht.

»Nachtschicht«, war Michaels Kommentar. »Wir können beides.«

Sie hütete sich, ihm etwas über Prioritäten und Lebensentscheidungen zu erzählen. Er war erwachsen. Wenn sie scharf nachdachte, fiel ihr manchmal sogar ein, dass er älter war als sie.

»Nachtschicht!« Donnerstag früh kam Michael mit vor Müdigkeit geröteten Augen in ihr Büro. Er hatte nicht nur seinen Teil für das Papier geschrieben; er hatte auch Musikbeispiele zusammengestellt und in seine Dropbox geladen, zu denen er im Manuskript verlinkte.

Donnerstag Abend kam er zu Friederike nach Hause und nach dem Abendessen zu dritt überließen sie George seinen Fußballreportagen und setzten sich in ihrem Arbeitszimmer an die Endfassung für Tom. Noch eine Nachtschicht.

Aber Freitag Abend gingen sie zum Tanzkreis.

Eine Woche später bewilligte der Fachbereichsrat die Reisespesen für sie beide. Carlsen schäumte und Karin hatte einen Eintrag in ihrer Personalakte, der beim nächsten Vergehen zu einer Kündigung führen konnte.

Carlsen hatte sein Papier tatsächlich schon eingereicht gehabt. Aber er zog es nicht zurück, sondern war offensichtlich bereit, auf eigene Kosten teilzunehmen.

Fünf Monate lang ging Friederike regelmäßig mit Michael zum Tanzkreis. Der erste Freitag, an dem sie fehlten, war der Tag, an dem sie zur Konferenz in Oxford flogen.

Am vorletzten Tag der Konferenz-Woche gab der Bürgermeister von Oxford einen Empfang und einen Ball. Zuerst tanzte Friederike nur mit Michael und lehnte die Aufforderungen anderer ab. Aber bald machte das selbst auf sie einen merkwürdigen Eindruck. Schließlich ignorierte sie sogar die Alarmmeldungen ihres Oberschenkels und ließ nur wenige Tänze aus.

Die BBC war wie die ganze Woche auch an diesem Abend mit einem Team anwesend. Aber nun waren es keine Wissenschaftsjournalisten, die den Beitrag produzierten, sondern die Lokalredaktion. In einigen Wochen standen die Stadtrats-Wahlen an und der Bürgermeister suchte das Scheinwerferlicht.

Doch der heimliche Star des Abends war Friederike. Sie fand es erst heraus, als eine Kamera sie beharrlich im Sucher behielt, nachdem sie mit dem Bürgermeister getanzt hatte.

»Und das mir! Ausgerechnet.« Trotzdem amüsierte es sie mehr, als dass es sie störte.

Michael drehte den Kopf nach allen Seiten, als müsse er die Gäste studieren. »Es gibt keine hier, die ein attraktiveres Objekt wäre. Außerdem gibt es außer den *Significant Others* sowieso fast keine Damen unter den Konferenz-Teilnehmern.« Er grinste. »Die Deutungshoheit über die Geschichte liegt immer noch fest in der Hand der Männer.«

»Nur dass euch das nicht mehr viel nützt.«

»Seit wir Verräter unter uns haben wie den klugen Monsieur Duby. Aber er hat auch euch Feministinnen verraten.«

Sie lachte. »Ich bin eine Feministin?«

»Na sicher. Sonst wärest du nie Professorin geworden. Du wärest wie die anderen Frauen am Fachbereich beeindruckt vor der Macht des männlichen Geistes zurückgewichen.«

»Du hast Glück, dass ich keine Verräterin bin. Wenn das deine Studentinnen erführen, was du eben gesagt hast.«

Michael blickte zu dem Kameramann, der nur wenige Schritte entfernt stand. Er senkte seine Stimme. »Meinst du, er hat unser Gespräch aufgenommen?«

Sie drehte sich um. Er schien sie tatsächlich immer noch im Sucher zu haben. »Wenn schon. Ist doch bloß das lokale Fernsehen. Und deutsch verstehen die Redakteure sowieso nicht. Wenn nicht mal die von ‚Wissenschaft‘ Fremdsprachen können.«

»Nicht, dass sie den Beitrag ins Internet stellen.«

»Gib deinem Seminar halt keine Aufgaben, bei denen sie die Recherche auf die Spur führen könnte.«

»Mit anderen Worten: Ich soll mein Licht unter den Scheffel stellen. Sind das solche Ratschläge gewesen, mit denen du deine Konkurrenten ausgebootet hast?«

Friederike lachte. »Ich kann noch viel besser.«

»Das möchte ich jetzt lieber nicht so genau wissen. Tanz lieber noch einmal mit mir, wenn du kannst.«

»Ich kann.« Und wenn sie sich morgen ins Flugzeug tragen lassen müsste: Das war ihr erster Tanzabend in freier Wildbahn. Den würde sie bis zur letzten Minute genießen.

Aber müde war sie. Wie alle Konferenzen hatte auch diese sie bis an den Rand der Erschöpfung gebracht. Zu viel reden, zu wenig schlafen. Zu viel Essen, zu wenig Kaffee.

Sie lehnte ihren Kopf an Michaels Schulter und ließ sich von der Musik tragen. Blues oder Rumba; das war ihr gerade egal. Sie hatte auch nichts dagegen einzuwenden, als er bald darauf seine Arme um ihren Nacken legte und sie enger an sich zog.

»Du bist eine tolle Partnerin, Friederike«, murmelte er in

ihr Ohr. Sein Mund konnte nur Millimeter von ihrem Hals entfernt sein. Plötzlich schien ihr seine Bemerkung zweideutig. Als ob er nicht ihre Zusammenarbeit meinte. Oder nicht nur.

Sie wagte nicht nachzufragen; wollte den Zauber des Abends nicht zerstören. Aber vielleicht war es falsch. Vielleicht müsste sie genau das jetzt tun. Sie schnaufte und der Daumen in ihrem Nacken streichelte sie.

»Strengt es dich zu sehr an?«

»Ich will weitertanzen, immer weiter ...«

Es war zwei Uhr morgens, als sie ihm vor der Tür ihres Hotelzimmers eine gute Nacht wünschte.

Mit einem plötzlichen Schuldgefühl fiel ihr ein, dass sie George nicht angerufen hatte. Aber nun war es zu spät und am folgenden Abend wäre sie eh wieder zu Hause. Um ihr Gewissen zu beruhigen, schickte sie ihm eine Textnachricht, bevor sie das Licht löschte.

7

George holte sie vom Flughafen ab. »Wie müde bist du?«, fragte er, nachdem sie sich von Michael verabschiedet hatte.

»Wie jedes Mal.« Sie unterdrückte ein Gähnen. »Heute früh bin ich erst um zwei ins Bett gekommen und um halb sieben musste ich zum Frühstück.«

Er lachte. »Ich weiß! Ich habe deine Nachricht gesehen.«

»Oh?« Die hatte sie inzwischen ganz vergessen gehabt. »Habe ich dich etwa damit geweckt?«

»Aber nein. Ich habe mich schlaflos hin und her gewälzt und in Sehnsucht nach dir verzehrt.«

Sie runzelte einen Augenblick die Stirn. Was war denn das für ein Spruch? »Im Grunde könnte man sich heutzutage diese Konferenzen sparen. Steht eh alles im Internet; und diskutieren kann man auch über Skype.«

»Aber Karrieren funktionieren immer noch so wie in der Steinzeit: über persönliche Kontakte und Seilschaften.«

»Das stimmt.« Stolz erzählte sie von Michaels gelungenem Vortrag und den Einladungen, die er daraufhin erhalten hatte. Plötzlich war sie wieder ganz munter.

»Dir liegt viel an ihm!« Das klang ein wenig missbilligend.

Sie sah ihn erstaunt an. »Er ist der hellste Kopf, den ich seit Langem als Kollegen hatte. Und obendrein zuverlässig. Was man gerade von den Klügsten oft nicht sagen kann.«

»Und er tanzt mit dir!« Das nun war eindeutig missbilligend.

Sie zuckte die Achseln. »Er ist wohl froh, eine Partnerin gefunden zu haben, die so wenig anstrengend ist.« Das hatte sie hoffentlich neutral genug formuliert, dass er sich nicht kritisiert fühlte. Aber auch ohne dass sie es sagte, war ihm natürlich klar, dass sie deshalb Michael gefragt hatte, weil George nie mit ihr wie ein popeliger Anfänger in den Tanzkreis gegangen wäre. »Warum hast du gefragt, wie müde ich bin?«

»Wir könnten noch bei Bruno vorbeischauen.«

»Das würde mir gefallen, ja.« Sie schmunzelte. »Notfalls kann ich ja auf dem Sofa schlafen, bis ihr ein Ende findet.« Das wäre eine todsichere Ablenkung von diesem heiklen Thema.

George hatte natürlich fest damit gerechnet, dass sie zu Bruno fahren würden. Konstanze, ihre zauberhafte Schwiegertochter, und Chris standen in der Küche zwischen Essensvorbereitungen wie für eine Party: Desserts und *Hors d'oeuvres* auf der Arbeitsplatte neben dem Kühlschrank, Braten und *Gratin Dauphinois* im Ofen, ein großer Topf *Ratatouille* auf dem Herd und drei verschiedene Salate auf dem Tisch.

George sah Chris mit unverhohlener Abneigung an. »Wo ist Madeline?«

»Sie paukt.« Chris nahm wie ein gelernter Kellner drei *Hors d'" oeuvres* über den Arm und stieß mit dem Fuß die Küchentür auf.

Konstanze hielt George zwei Salatschüsseln entgegen. »Bring die bitte ins Esszimmer, ja?«

Er blickte zu Friederike. »Also, eigentlich ...«

Konstanze ging mit den Schüsseln noch näher und hielt sie ihm direkt unter die Nase. »Du hast sie den Rest des Abends. Jetzt ist Mädchenzeit.«

Er knurrte und ging mit den Schüsseln hinaus.

Konstanze schenkte einen Kaffee ein und reichte ihn Friederike. »Setz dich! Du bist bestimmt müde!«

Sie ließen die Männer warten, bis der Braten fertig war, während Friederike erzählte. Konstanze lachte schadenfroh, als sie ihr von Carlsens Mühen berichtete, Eindruck zu schinden. Aber als sie dann von Michaels Vortrag sprach und von der Anerkennung, die er dafür geerntet hatte, legte Konstanze die Stirn in Falten und ihre Augen bekamen einen besorgten Ausdruck. »Was ist das für einer, dieser Michael?«

Friederike lachte leise. »Du fragst genauso wie Schorsch!«

Konstanze griff nach den Thermohandschuhen. »Schorsch macht sich Gedanken über einen deiner Kollegen? Hätte ich ihm nicht zugetraut.«

»Vermutlich, weil er auch mein Tanzpartner ist.«

Konstanze ließ den Griff der Ofentür los und drehte sich zu ihr um. »Der ist das?« Sie pfiff durch die Zähne; Friederike hatte nicht gewusst, dass sie das überhaupt konnte. »Ich habe euch im Fernsehen gesehen.«

»Du hast was?« Schockiert riss sie die Augen auf.

»Ein Beitrag im Wissenschaftsmagazin heute früh.« Konstanze wandte sich wieder dem Ofen zu. »Du hast getanzt.« Es klang beiläufig, aber ihre angespannten Schultern verrieten, dass sie ein Problem darin sah. Bedachtsam nahm sie den Braten heraus und stellte den Topf auf dem Tisch ab.

»Und wie kommst du jetzt darauf, dass es ausgerechnet Michael war, mit dem sie mich gezeigt haben?« Gewiss war doch eher ihr Tanz mit dem Bürgermeister in die fertige Sendung geschnitten worden.

»Schorsch hat den Beitrag auch gesehen. *He was not amused.*« Konstanze legte den Braten auf eine Servierplatte und goss die Sauce in einen kleinen Topf, den sie zum Andicken auf den Herd stellte. »Es war aber auch ein Anblick!«

War George vorhin deswegen so merkwürdig gewesen? »Was hältst du von mir?« Friederike war selbst nicht überzeugt von der Empörung, die sie in ihre Stimme legte.

Konstanze warf ihr einen Blick von der Seite zu, während sie scheinbar konzentriert die Sahne in die Sauce rührte. »Dass du genossen hast, als begehrenswerte Frau behandelt zu werden. Schorsch tut das schon lange nicht mehr so, wie er eigentlich sollte.«

»Aber Konstanze! Er liebt mich doch!«

»So!«, klang plötzlich Georges grimmige Stimme von der Tür.

Friederike fuhr erschrocken herum.

Konstanze hörte auf zu rühren. »Stimmt es nicht? Liebst du Friederike denn nicht mehr?«

Georges Augen waren zornige Schlitze. »Ihr habt nicht von mir gesprochen.«

»Doch!« Konstanze klang erbost.

»Nicht nur.« Friederike lächelte ihn zärtlich an. »Ich habe von Oxford erzählt.«

»Eben!«

Tapfer behielt sie ihr Lächeln bei. »Konstanze hat erzählt, das Wissenschaftsmagazin habe einen längeren Beitrag gebracht. Du hast ihn auch gesehen, sagt sie.« Konstanze war fertig mit der Sauce; Friederike stand auf und nahm die Platte mit dem Braten. »Davon hast du mir gar nichts gesagt.«

»Wozu? Du warst doch dort.« Seine Stimme war immer noch grimmig.

Sie stieß mit dem Ellenbogen die Tür auf. »Aber es interessiert mich doch, dass die überhaupt einen Beitrag über die Konferenz gebracht haben. Dass sie die wichtig genug nehmen ...«

Sie ließ ihn stehen und ging ins Wohnzimmer. George war aufgebracht. Wie konnte er nur? Wenn sie doch nur wüsste, was genau vom Ball gezeigt worden war.

Chris nahm ihr den Braten ab. »Ich hol Madeline.«

Bruno sah ihr mit hochgezogenen Brauen entgegen. »Was ist los, Mutter?«

»Nichts.« Sie lachte nervös. Er glaubte ihr nicht. Es würde sie nicht wundern, wenn George mit ihm über die Sendung gesprochen hatte. Bestimmt hatte Bruno dann bemerkt, dass George ... ja, was ... eifersüchtig war? Und das in ihrem Alter. Lächerlich.

Madeline erlöste sie fürs Erste. Sie stürzte auf sie zu und wirbelte sie herum. »Großmama, ich habe gehört, ihr hattet einen tollen Erfolg.« Sie warf Chris einen verschwörerischen Blick zu. »Endlich interessiert sich jemand für die alten Tänze.«

Chris lachte auf. »Madeline hat sich in den Kopf gesetzt, unsere Truppe Quadrille tanzen zu lassen.«

Madeline drehte sich zu ihm und stemmte die Hände in die Hüften. »Und warum auch nicht? Dann hätten wir den anderen Square Dance-Gruppen etwas voraus. Großmama kann es uns beibringen; sie hat lange genug geforscht.«

»Ja, das würde mir gefallen. Wir könnten uns die alten Kostüme aus dem Fundus der Oper leihen.«

Chris schnaubte, aber die Lachfalten um seine Augen verrieten ihn: Er meinte es nicht ernst. »Wenn der Verein mich dann nicht mehr braucht, hat Schorsch endlich einen wirklichen Grund, mich rauszuwerfen.«

»Nie.« Madeline langte nach ihm. »Das wagt er nicht noch einmal. Er weiß, dass wir dann alle gehen würden.« Sie küsste ihn ungeniert zuerst auf die Wange, dann auf den Mund und vertiefte ihren Kuss, bis er die Arme um sie legte.

George kam aus der Küche, den Topf mit der *Ratatouille* in der Hand, und Konstanze folgte mit dem *Gratin Dauphinois*. Für einen Augenblick herrschte unbehagliches Schweigen im Raum. Dann brach Bruno das Eis mit der Frage, wem er von dem Tressallier einschenken sollte, den er für die *Hors d'oeuvres* geöffnet hatte.

Madeline fragte nach dem Latein-Turnier in Bremen und George vergaß augenblicklich alles andere darüber. Stolz berichtete er, wie sich die Vereins-Formation an die Spitze gekämpft hatte. »Und nächstes Jahr lassen wir sie zu den Weltmeisterschaften fahren.«

»Und wer bezahlt das, Papa?« Bruno schien nicht kapiert zu haben, dass Madelines Frage ein Ablenkungsmanöver gewesen war. Das Mädchen interessierte sich doch kein Stück für die Formation.

George reckte sich ein wenig. »Der Verein hat noch immer alle finanziellen Herausforderungen gemeistert. Machen wir eben wieder einen Tag der offenen Tür und veranstalten eine Tombola.« Er guckte grad, als sei er derjenige, der eine solche Veranstaltung organisierte. »Der letzte war ein großartiger Erfolg.«

»Gut, Großpapa! Machen wir wieder einen Tag der offenen Tür. Das hat allen Spaß gemacht.« Madeline warf Friederike einen verschwörerischen Blick zu. »Dieses Mal nehmen wir uns richtig Zeit für die Vorbereitungen. Dann stellen wir auch etwas wirklich Besonderes auf die Beine.«

Chris kniff sie in den Arm. »Darling, untersteh dich.«

Madeline flatterte unschuldig mit den Augenlidern. So wie die zwei sich anschauten, war es ganz undenkbar, dass George recht behielt mit seiner Unkerei. Sie passten einfach perfekt zusammen ... Aber auch sie und George hatten einmal perfekt zusammengepasst. Und dann hatte der Unfall all ihre Pläne zunichte gemacht.

Im Laufe des Essens landete das Gespräch natürlich doch wieder bei ihrer Konferenz; besonders Madeline brannte vor Neugier. Sie schien ernsthaft daran interessiert zu sein, den höfischen Tänzen des Barock wieder einen Auftritt zu verschaffen. Zeitweilig riss sie sogar George mit ihrem Eifer mit.

Aber sie sprachen nicht von der Fernsehsendung. George kam auch nicht darauf zurück, als sie schließlich zu Hause waren.

In der Diele stellte er ihren Koffer ab. »Ich nehme an, das meiste davon kommt in die Waschküche.«

Sie nickte.

»Ich mach das für dich. Du bist bestimmt müde.« Und solltest nicht unnötig Treppen steigen, hieß das natürlich.

»Du meinst, ich muss jetzt ins Bett?« Sie küsste ihn sacht. »Ich bin immer froh, wieder nach Hause zu kommen.« George reagierte nicht; da legte sie die Arme um seinen Hals. »Ja, ich glaube, ich gehe jetzt ins Bett.«

Er stand steif und angespannt da und machte keine An-
stalten, ihre Umarmung zu erwidern. Seufzend drückte sie auf
den Fahrstuhlknopf.

8

Natürlich hatten auch Kollegen vom Fachbereich die Sendung des Wissenschaftsmagazins gesehen und einer hatte die Geistesgegenwart besessen, auf die Aufnahmetaste seines Videorekorders zu drücken. Roberta brachte Friederike stolz eine Kopie.

Die Sendung konzentrierte sich auf die Vorträge der deutschen Teilnehmer: ihrer, der von Michael und auch von Carlsen. Dies waren alles Übernahmen von der BBC. Es gab auch einen Ausschnitt vom abschließenden Empfang beim Oxforder Bürgermeister – und er zeigte einen Moment, in dem sie während des Balls ihren müden Kopf an Michaels Schulter gelehnt hatte. Nach Georges Reaktion hatte sie so etwas in der Art befürchtet gehabt.

Wie peinlich; sie konnte nur ... beten, dass die Kollegen diese Bilder übersehen würden. Aber das wäre vermutlich vergeblich.

Der Bericht des Wissenschaftsmagazins ging jedoch noch weiter. Mit einem eigenen Beitrag des deutschen Journalisten-Teams: ein Interview mit Carlsen. Der Herr Professor natürlich – Machos allesamt. Friederike ballte wütend die Fäuste.

Das musste sie sich nicht antun. Sie stand auf, um den Videorekorder auszuschalten. In dem Augenblick sagte Carlsen: »Natürlich haben wir am Fachbereich ...« Wir am Fachbereich? Der Kerl hatte die Stirn gehabt, sich als der Vertreter des Fachbereichs zu präsentieren?

»Roberta!« Friederike keuchte. »Hast du das gesehen? Was sagt Tom dazu?«

Roberta zuckte die Achseln. »Was soll er machen deiner

Ansicht nach?« Freilich, Tom konnte gar nichts tun. Einen verbeamteten Professor konnte man nicht entlassen; und so lange er keine silbernen Löffel klaute … Sie ging in ihr Büro und rief Michael an.

In ihrem Ärger hatte sie vergessen, dass er gerade ein Seminar hatte. Mit einem entnervten Knurren setzte sie sich an den Computer und begann, ihren Konferenz-Beitrag umzuschreiben und zu ergänzen, um daraus ein Kapitel für die geplante Veröffentlichung zu machen.

Dann kam Michael; gut gelaunt wie immer. Wusste er noch nichts?

»Ich will dich in meinem Buch haben. Wie viel Zeit kannst du in den nächsten Wochen erübrigen?« Carlsen würde sich nicht scheuen, ihre Arbeit in irgendeiner Weise in sein eigenes Werk zu integrieren, wenn sie nicht vorher veröffentlichten. Sie hatte keinen Nerv, ihre Zeit mit einer Plagiats-Diskussion zu verschwenden.

»Du hörst dich an, als hättest du es auf einmal eilig.« Michael lachte. »Du hast deine Professur doch schon.«

»Aber du noch nicht, Michael.« Sie mochte nicht mitlachen. »Hast du den Magazin-Beitrag gesehen?«

»Nein. Aber davon gehört. Ich sollte ihn mir wohl anschauen.« Er errötete plötzlich. »Ich bin heute früh mächtig aufgezogen worden. Man hat uns offensichtlich beim Tanzen gefilmt.« Er grinste wieder. »Du wirst es bestimmt auch noch zu hören bekommen: Rainer Weidner schreibt mir jetzt die Kraft der Wunderheilung zu, weil ich dich wieder zum Tanzen gebracht habe.«

»Und das war alles, was die Kollegen interessiert hat?« Sie schaute ihn ungläubig und erschüttert an.

Er zuckte die Achseln. »Endlich mal wieder etwas zum Klatschen. Hatten wir schon lange nicht.«

»Die Herren Wissenschaftsjournalisten haben den Herrn Professor Carlsen interviewt.« Sie schnaubte empört.

Michael zuckte immer noch die Achseln.

»Und er hat die Dreistigkeit besessen, als der offizielle Vertreter des Fachbereichs aufzutreten.«

»Tja. In den Konferenzunterlagen stand er nun einmal als einer der Abgesandten drin. Warum sollte er sie aufklären?« Natürlich war das ein Punkt – und der Grund, warum Tom die Hände gebunden waren. Er würde die Organisatoren in Oxford nicht verärgern.

»Wie auch immer. Da hast du den Grund, warum ich jetzt schnell veröffentlichen will.«

»Wir sind besser als Carlsen.« Michael grinste. »Unser Buch wird auf jeden Fall unschlagbar sein.«

Sie schüttelte den Kopf. »Wenn seins zuerst erscheint, wird er trotzdem die *Reviews* und die Erwähnungen bekommen. Das weißt du sehr genau. Nach dem nächsten Buch zu einem ähnlichen Thema kräht dann kein Hahn mehr.«

»Einverstanden. Wir sind zuerst fertig. Mach den Vertrag und lass dir vom Verlag eine *Deadline* geben.« Er setzte sich auf die Schreibtischkante und spielte mit ihrem Füller. »Und wenn wir es bis dahin schaffen, legen wir dem Buch eine CD bei. Wenn nicht, bringen wir sie extra heraus.«

»Eine CD!«

»Einer meiner Freunde hat ein Studio und die Ausrüstung für professionelle Aufnahmen.«

»Wozu neue Aufnahmen? Du hast die passenden Musikbeispiele doch schon für Oxford zusammengeschnitten; und ich habe noch mehr. Oder wir nehmen sie schlicht in die Quellen auf.« Sie nahm ihm den Füller weg; den hatte George ihr vor zwanzig Jahren geschenkt. »Da wird sich manch ein Musiker freuen. Aber Carlsen wird das auch machen.«

Ein spitzbübisches Grinsen breitete sich auf seinem Gesicht aus. »Aber er wird keine getanzten Beispiele haben.« Er tippte ihr auf die Nase. »Wozu haben wir ... unseren Tanzclub?«

Oh! Was für eine Idee! Sie lachte auf. »Das würde Madeline diebisch freuen. Sie hat gerade am Wochenende vorgeschlagen, für den nächsten Tag der offenen Tür eine Quadrille einzustudieren. Falls wir Chris dazu kriegen.«

»Wenn nicht, mach ich den Tanzmeister.« Michael begann, ihre Filzstifte zu sortieren.

»Das machen die Square Dancer nicht mit. Sie würden wieder Unrat wittern.« Friederike erzählte ihm, was George alles angezettelt hatte, als Madeline sich in den Caller der Gruppe verliebt hatte. Und wie die Gruppe gedroht hatte, den Verein zu verlassen, weil sie Chris nicht aufgeben wollten.

Michael war mehr und mehr schockiert, je länger sie erzählte. Sie hatte ihn noch nie so außer sich gesehen. »Das hätte ich deinem Mann aber nicht zugetraut.«

»Er hat es gut gemeint.«

»Was?« Ihm schienen die Worte zu fehlen.

Sie sollte ihn besser nicht weiter schockieren. Er müsste mit George auskommen, wenn sie seine Idee verwirklichen wollten. Sie brauchten die Billigung des Vorstands und wohl auch etwas vom Etat des Vereins. Natürlich könnten sie die Ausleihe der Kostüme über ihre Forschungsgelder finanzieren. Aber das würde kaum unbemerkt an Carlsen vorbeigehen; auch ohne die Sekretärin, die Tom aus seinem Büro entfernt hatte. Und sie wollte nicht riskieren, dass er die Idee kopierte. Diese Lorbeeren gehörten Michael. Ganz allein.

Michael gewann langsam seine Fassung zurück. »Ja sicher; manchmal denken wir, wir wüssten besser, was anderen gut tut.« Er schien zu zögern, ob er noch mehr sagen sollte. »Und dein Mann gehört wohl zu denen, die das besonders oft denken.« Seine Unsicherheit war greifbar.

Mit einem Lachen versuchte sie die Anspannung zu vertreiben, die plötzlich im Raum stand. »Keine Bange, Michael. Du darfst ruhig sagen, was ich denke.« Sie tippte auf ihren Bildschirm. »Aber lass uns auf den Punkt kommen. Ich brauche vier Wochen, bis meine Kapitel stehen.« Sie lächelte verschmitzt. »Ohne den Tanzkreis ausfallen zu lassen.«

»Im Gegenteil. Wir werden auch denen unseren Film schmackhaft machen. Du wirst sehen.«

9

Am folgenden Freitag blieben Friederike und Michael nach dem Tanzkreis an der Bar stehen. So wie sie es abgesprochen hatten, übernahm Michael die Initiative. »Ich habe gehört, es soll wieder einen Tag der offenen Tür geben.« Er schenkte Marga ein Lächeln, während sie sein Weinglas füllte. »Planst du ihn wieder?«

Sie stellte die Flasche weg. »Es ist noch nichts beschlossen. Und ich hatte ihn auch gar nicht geplant, bloß vorgeschlagen. Die Arbeit hat die Formation gemacht.«

Michael drehte sein Glas zwischen den Fingern. »Ich würde sie gerne einmal tanzen sehen.«

»Du hast Lust auf Latein, Michael?« Werner Heinemann stellte sein Bier ab und wandte ihm seine ganze Aufmerksamkeit zu. »Gerade ist eine Tänzerin auf der Suche nach einem neuen Partner.«

Michael lachte. »So schlecht ist die Formation?«

Marga fiel die Kinnlade herunter.

»Naja, wenn sie einen wie mich nehmen würden, dann können sie doch nicht gut sein.«

»So schlecht tanzt du gar nicht, Michael«, kam von hinten die Stimme von Ines. »Du müsstest mehr trainieren; das ist alles.«

»Nun ja ... Manche Leute können Arbeit und Tanzen unter einen Hut bringen.« Michael nickte in Friederikes Richtung. »Habt ihr neulich den Beitrag im Wissenschaftsmagazin gesehen?« Er blickte fragend in die Runde. »Riekes Forschung ist ideal dafür.«

Werner runzelte die Stirn. »Tatsache? Zuletzt habe ich mitbekommen, dass du dich mit irgendwelchen uralten Tänzen befasst. Jetzt nicht mehr?«

Friederike hielt Marga ihr Weinglas zum Nachschenken hin. »So alt nun auch wieder nicht. Jedenfalls nicht so viel älter als der Walzer.«

Tanja Walters machte ein skeptisches Gesicht. »Und was verstehst du darunter? Dreihundert Jahre statt zweihundert?«

»In etwa. Mozart zum Beispiel hat auch Menuette geschrieben.«

»Waren die zum Tanzen?«, fragte Werners Frau Christina.

Friederike nickte. »Natürlich. Die Suiten des Barock sind eine Folge von Tänzen.«

»Zum Tanzen«, ergänzte Michael mit einem breiten Lächeln. »Wozu auch sonst?«

»Zum Zuhören. Ich habe gehört, dass diese Hausmusiken sich über Stunden und Stunden hinzogen. Wenn ich mir das vorstelle ...« Tanja gähnte demonstrativ. »Ich schlafe schon ein, wenn Konzerte länger als eine Stunde dauern.«

»Da siehst du mal, dass wir die besser tanzen sollten.« Axel, ihr Bruder, stieß sie in die Seite.

»Aber die Hausmusiken ...«

»Hausmusiken, das war das Bürgertum, Tanja. Die Leute, die keine Schlösser und Ballsäle hatten und darum keinen Platz zum Tanzen.« Axel grinste. »Aber eigentlich war die Musik damals Auftragsarbeit von irgendwelchen Königen oder so jemanden.« Die beiden begannen sich in ihren üblichen Neckereien zu verheddern.

Plötzlich schoss Tanjas Zeigefinger auf Friederike zu. »Madeline will Chris breitschlagen, für den nächsten Tag der offenen Tür eine Quadrille einzustudieren.« Sie belauerte Friederike ganz ungeniert. »Hat sie das etwa von dir?«

»Ich denke schon.«

Michael zog warnend die Augenbrauen hoch. Aber sie kamen bestimmt weiter, wenn sie mit offenen Karten spielten.

»Natürlich reden wir auch über meine Arbeit. Und nach der Konferenz in Oxford ...«

»Wir schreiben gemeinsam ein Buch darüber. Das hat mich auf die Idee gebracht, wie wir Arbeit und Tanz zusammenbringen könnten. Hier.« Michael wies zum Tanzsaal.

Tanja blickte misstrauisch von Friederike zu ihm. »Ihr habt einen Anschlag vor!«

»Wenn du das so nennen magst«, sagte Friederike. Marga stand plötzlich regungslos, eine Wasserflasche in der Hand. Friederike unterdrückte ihre Bemerkung dazu; das wäre jetzt nicht klug. »Ein Projekt für höfische Tänze des Barock. Wenn sich ein paar Leute dafür finden, macht der Vorstand bestimmt mit.«

Werner schüttelte den Kopf. »Zu teuer. Kein Mensch könnte die Kostüme dafür bezahlen. Und wo sollen die überhaupt herkommen?«

»In Querfurt gibt es ein großes Mittelalterfest. Ich war da schon mal.« Axel wurde eifrig. »Die verkaufen dort auch Kostüme.«

»Mittelalter!« Ines schnaubte. »Das ist dann aber wirklich alt!«

»Aber kommen nicht die meisten Tänze aus der Zeit?« Axel sah fragend in die Runde. »Sollten wir das nicht genauer wissen, wenn wir tanzen? Wo das alles herkommt?«

Christina schüttelte den Kopf. »Ich brauche nicht zu wissen, wie man ein Auto baut, um es zu fahren.«

»Aber irgend jemand muss es wissen!« Axel sah Christina provozierend an. »Sonst hättest du erst gar kein Auto zum Fahren.«

Christina zuckte die Achseln.

Michael zog wieder eine Braue hoch. Christina konnte ihnen tatsächlich in die Parade fahren. Nicht hier im Kreis; der Eifer in den Gesichtern der anderen sprach für sich. Aber wenn sie Werner zu Hause bearbeitete, würde er dem Vorstand sagen, dass der Verein kein Geld dafür hatte. Mussten sie hier etwa genauso lavieren wie im Fachbereich?

»Mich interessiert das eigentlich auch«, sagte Tanja. »Ich kaufe euer Buch.« Ihr Lächeln wurde breiter. »Ihr braucht doch sicher Subskriptionen, damit es veröffentlicht wird.« Die brauchten sie zwar nicht, aber das war jetzt nicht wichtig. Mehr Bücher verkaufen war immer gut. »Wir machen einen Flyer und werben damit hier im Verein. Und wo auch immer wir in nächster Zeit auf andere Tänzer treffen.«

»Danke.« Friederikes Blick ging zu Michael. Jetzt war er wieder dran.

»Wir haben uns einen besonderen Clou für das Buch ausgedacht. Einer meiner Freunde könnte eine Video-CD dazu produzieren – wenn er was hätte, was er aufnehmen kann.«

»Filmen, meinst du«, sagte Axel.

Michael nickte. »Da wir nicht zu Zeitreisen in der Lage sind. In der Musik wird das ständig gemacht, dass man originale Musikbeispiele mit den ursprünglichen Instrumenten produziert.«

Tanjas Gesicht begann zu glühen. »Bestimmt können wir uns die Kostüme für den Auftritt leihen. Wir fragen in der Oper. Oder in Babelsberg.« Aufgeregt drehte sie an ihren Haaren. »Oder im Friedrichstadtpalast?« Sie wandte sich an Marga. »Haben wir jemanden im Verein, der Kontakte hat?«

Marga schüttelte den Kopf. »Das steht nicht in den Mitgliederdaten. Das müsstest du schon erfragen.«

Tanja stemmte die linke Hand in die Hüfte. »Aber du kennst doch alle! Es gibt bestimmt nichts, was du nicht weißt.«

Werners Miene wurde grimmig. Da war Tanja wohl in ein Fettnäpfchen getreten. »Wir halsen Marga schon viel zu viel auf; spann sie nicht auch noch dafür ein.«

Marga legte ihm die Hand auf den Arm. »Danke, Werner. Aber lass gut sein. Ich helfe gerne, wenn ich kann. Das weißt du doch.« Sie lächelte Tanja an. »Klärt ihr erst mal, ob ihr diese Barock-Geschichte überhaupt zustande kriegt. Dann schauen wir, wo wir die Kostüme herbekommen.«

»Auch Kostüme leihen kostet.« Werner blickte noch finsterer als zuvor; er fühlte sich jetzt sicher zurückgewiesen. Wo er es doch nur gut gemeint hatte. »Für wie viele Tänzer überhaupt? Für Chris' Truppe oder noch mehr?«

Tanja sah Friederike fragend an; Michael antwortete für sie. »Schau halt, wie viele Tänzer du dafür begeistern kannst.«

»Wie viele Paare? Durch vier teilbar?«

Er schaute sie einen Moment verdutzt an, dann begriff er. »Es gibt nicht nur Quadrillen.«

»Nun gut. Da haben wir auf jeden Fall Axel.« Tanja stieß ihrem Bruder den Zeigefinger in die Brust. Sie begann, mit Hilfe ihrer Finger die Ersatztänzer durchzugehen, die sie im Augenblick im Square Dance hatten.

»Da könnt ihr ja fast ein drittes Square aufmachen«, ließ sich Marga aus dem Hintergrund der Bar hören.

»Das interessiert doch jetzt niemanden«, fuhr Tanja sie an.

Friederike war überrascht über die feindselige Stimmung, die plötzlich von Tanja ausging.

Marga schien es nicht zu merken; sie zuckte bloß die Achseln. »War nur so ein Gedanke, der mir plötzlich durch den Kopf geschossen ist.«

»Aber das kostet auch wieder.« Werner seufzte vernehmlich. »Es wäre ja gut, wenn unsere Gruppen weiter wachsen würden. Mehr Mitglieder bringen mehr Knete in den Verein. Aber es kostet auch wieder mehr an Ausstattung.«

Tanja musterte ihn mit schräg gestelltem Kopf. »Gut zu wissen, dass sich der Verein künftig an den Kosten für unsere Kostüme beteiligen will.«

Werner riss die Augen auf. So hatte er das vermutlich nicht gemeint – diese gewitzte Tanja ... Sie sollten ihn jetzt aber nicht allzu sehr in Verlegenheit bringen; sonst würde er den Widerspruch seiner Frau als Rettungsleine ansehen und gegen die Idee stimmen.

»Mein Forschungsetat reicht auch für die Kosten, die für

die Aufzeichnung der CD entstehen.« So formuliert war es keine Lüge. Das durfte sie gewiss sagen, um die Diskussion über die Kosten zu beenden. »Nur die Zeit, die die Tänzer reinstecken ...« Friederike hob bedauernd die Schultern. »Tanja, dafür haben wir kein Budget.«

»Aber das macht nichts«, sagte Michael. »Wenn euch der zusätzliche Aufwand zu groß ist, dann verdonnern wir Studierende aus unserem Fachbereich dazu.«

Friederike traf fast der Schlag. Studierende – denen die Tänze beizubringen, dauerte viel zu lange, wenn sie keinerlei Vorerfahrung hatten. Die Square Dancer brauchten sie. Und auch die von der Latein-Formation würden schnell genug lernen, weil sie Erfahrung darin hatten, synchron zu tanzen.

Michaels Blick ging von einem zum anderen. »Madeline ist sicher bereit, die Jungs und Mädels anzulernen.« Madeline war aber von allen diejenige, die am wenigsten Zeit hatte so kurz vor ihrem Abitur.

Schließlich sah er Friederike mit einem geradezu heimtückischen Grinsen wieder an. Er hatte sich etwas dabei gedacht! Natürlich. Sie sollte ihm wirklich vertrauen.

Tanja stützte ihr Kinn auf Axels Schulter. »Natürlich könnten auch wir beide zusammen tanzen. So wie hier im Tanzkreis. An meinen eigenen Bruder verleiht Micky mich sicher für eine kurze Zeit.« Sie schenkte Michael einen Augenaufschlag; der Blick war nicht von schlechten Eltern. »Micky ist mein Partner im Square Dance.«

Sie wandte sich an Friederike. »Du und Madeline, ihr macht das mit Schorsch klar. Ich kümmere mich um die Ausleihe der Kostüme und du, Michael, organisierst die Filmproduktion.« Sie feixte. »Einen Regisseur bräuchten wir vielleicht auch. Den Job halsen wir Chris auf; er kommandiert uns sowieso schon herum.«

10

Am Montag darauf hatte Tanja den Festsaal im Schloss Schönhausen für die Dreharbeiten und von der Deutschen Oper die Zusage für dreißig Kostüme. Der Verweis auf Friederikes wissenschaftliches Renommee beeindruckte den Intendanten der Oper so sehr, dass er sogar bereit war, das Staatsballett um Tänzer zu bitten, sollte der Tanzclub Lietzensee nicht genügend haben. Daraufhin war die Hälfte der Latein-Formation bereit, sich ebenfalls zu beteiligen.

Und dann stand plötzlich alles auf der Kippe. Hans-Dieter Friedemann, der Trainer der Formation, schürte bei Werner die Angst, damit stünde die erfolgreiche Teilnahme beim Aufstiegsturnier der Regionalliga in Frage: Die Formation würde nicht genug Zeit für das »richtige« Training haben. Werner erschreckte den Vorstand mit der Prophezeiung einer drohenden Pleite. Daraufhin erhob auch George gegen das Projekt Einspruch.

Am Tag nach dieser turbulenten Vorstandssitzung hackte sich Micky in den Computer des Vereins und besorgte die Telefonnummern und Mail-Adressen der Formationstänzer, die zugesagt hatten. Tanja rief einen nach dem anderen an und sagte allen, sie sollten sich keine Sorgen um Friederikes Veröffentlichung machen: Sie würden eben die Tänzer des Staatsballetts zu den Square Dancern dazunehmen. Das allerdings wollte niemand. Sogar George fand, dies wäre eine Schande für den Verein.

Bei der darauffolgenden Vorstandssitzung schäumte er über die Einmischung des Trainers. War nicht er, George, derjenige, der die ganze Vereinsarbeit machte? Wie konnte Hans-

Dieter da mit seinen kleinlichen Bedenken querschießen? Die Latein-Formation war erstklassig; sie kannte ihre Choreografie im Schlaf. Zweifelte er etwa daran, dass sie aufsteigen und die Nord-Meisterschaft gewinnen würde? Er solle sich lieber darum kümmern, dass Rita Färber einen Partner bekam, der den verunglückten Frederik ersetzen konnte ...

Angesichts von Georges Ausbruch erinnerte sich Werner plötzlich, das Budget sei noch nie so kalkuliert worden, dass der Verein von den Turniererfolgen seiner Tänzer abhängig war.

George kam höchst selbstzufrieden nach Hause. »Der Verein unterstützt deine Arbeit, Rieke. Ich habe alle Hindernisse aus dem Weg geräumt.« Er erzählte, wie die Vorstandssitzung abgelaufen war.

»Ich war sicher, dass ich mich auf euch verlassen kann.« Friederike ließ sich von ihm in den Arm nehmen. Sie wusste sehr wohl, welche Manöver Tanja veranstaltet hatte, um den Film auf die Beine zu stellen. »Ihr habt euch alle schwer ins Zeug gelegt, um euch gegen Hans-Dieter durchzusetzen.«

George lachte auf; dann küsste er sie auf die Lippen. »Gegen Hans-Dieter musste sich niemand durchsetzen. Ich habe ihn daran erinnert, dass der Vorstand die Entscheidungen trifft.« Er knabberte an ihrer Unterlippe, bis sie ihren Mund öffnete und ihn einließ. George war zärtlicher geworden, seit sie wieder tanzte. Das war gewiss kein Zufall. Aber vielleicht war das nur ein Ergebnis seiner Eifersucht auf Michael?

Sie legte ihre Arme um seinen Hals und streichelte ihn im Nacken. »Wenn ich dich nicht hätte ...« Oh wie sie dieses Lavieren hasste.

***

Am Samstag um neun Uhr morgens standen sie im großen Saal des Tanzclubs Lietzensee: die gesamte Square Dance-Gruppe mitsamt aller Ersatztänzer, fünf Paare der Latein-

Formation, Tanjas Bruder Axel und zwei weitere Herren aus dem Tanzkreis für die Ersatztänzerinnen, die keinen Partner hatten. Und die Heinemanns – warum auch immer die gekommen waren.

Chris hatte sich natürlich bereit erklärt, den Zeremonienmeister zu geben, den ein Teil der Tänze erforderte. Er wäre nie auf die Idee gekommen, Madelines Bitte zu widerstehen.

Bevor sie tanzten, lieferten Friederike und Michael eine Zusammenfassung ihres Buchs. »Die erste Globalisierung von Kunst« nannten sie es. In Friederikes Teil ging es um die Entwicklung von regionalen Volks- und Bauerntänzen zu Tänzen des Adels, die an allen Höfen Europas in der gleichen Weise getanzt wurden. Michael dagegen schrieb über Musiker wie Andrea Falconieri, die von Hof und Hof reisten und überall lokale Melodien für ihre Kompositionen aufgriffen und zu Tanzmusik verarbeiteten.

Friederike war mit ihrem Vortrag gerade fertig, als Tanja aufsprang.

»Ich habe eine Idee!« Sie blickte Beifall heischend in die Runde.

»O weh!« Axel schlug die Hände vors Gesicht. »Was droht uns jetzt?«

Micky lachte. »Tanjas Ideen sind die besten!« Der Blick, den er für sie hatte, war voller Bewunderung. Aber Tanja schien es nicht zu merken.

Sie zeigte auf die Wand, auf die Friederike kurz zuvor ihre Bilder projiziert hatte. »Wir brauchen mehr Kostüme!«

Axel stöhnte theatralisch.

»Natürlich! Ich habe in der Oper nur höfische Kostüme besorgt. Aber das geht ja gar nicht. Wir brauchen auch Bauernkostüme. Oder bürgerliche – was weiß ich.«

»Sie hat recht«, sagte Micky. »Wenn wir die Entwicklung zeigen wollen, müssen wir auch in Bauernkostümen tanzen.«

»Das kostet aber doppelt so viel Geld!« Werner Heinemann verschränkte die Arme vor der Brust. »Ich habe von vorneherein gesagt, dass der Verein solche Extravaganzen nicht finanzieren kann.«

»Aber die Kostüme kosten uns doch fast nichts«, protestierte Madeline mit blitzenden Augen. »Geht das nicht in deinen Kopf, dass Tanja gezaubert hat? Und Großmamas Fachbereich dafür sowieso einen Etat hat?« Den sie freilich nicht in Anspruch nehmen sollten, um Carlsen auf keine Ideen zu bringen. Aber das gehörte jetzt nicht hierher.

»Das gilt aber nur für Friederikes Film. Und was ist mit dem Auftritt am Tag der offenen Tür? Damit wollen wir unsere Kasse aufbessern, nicht ruinieren.«

»Über die Brücke gehen wir, wenn wir davor stehen«, sagte Chris. »Ihr habt im Vorstand noch gar keinen Beschluss dazu gefasst; geschweige denn, dass ein Termin zur Diskussion stünde.«

Und sie waren an diesem Tag zum Tanzen gekommen, nicht zum Diskutieren. Friederike schaltete den Laptop aus und die CD für den ersten Tanz ein: ein *Branle* aus dem 16. Jahrhundert. Die Gespräche verstummten; die ersten begannen, sich im Takt der Musik zu wiegen.

»Was?«, rief Norbert Kaminski von den Square Dancern plötzlich. »Aber das ist doch von den Bots!«

Michael lachte. »Es ist ein altes bretonisches Trinklied. Die Bots haben die Melodie in ihrem ‚Was wollen wir trinken‘ verarbeitet.«

»Ein Schreittanz?«, fragte Axel mit schüchterner Stimme. Der Junge hatte es ernst gemeint; er wollte wirklich wissen, wo die Tänze herkamen.

»Anfangs. Während der Entwicklung zum höfischen Tanz kamen Sprünge und andere Verzierungen dazu. Er ist einer der ersten Tänze, für den die Schritte aufgeschrieben wurden.« Michael streckte seinen Arm nach Friederike aus.

Sie startete das Stück neu und dann tanzten sie zuerst den einfachen Schritt des *Branle double*: linker Fuß nach links, rechter Fuß ran ... und das gleiche nach rechts. Dann verzierten sie die Schrittfolge zum Abschluss mit einem Sprung auf dem linken Fuß, während sie die rechten nach vorne streckten. Danach stattdessen eine Kapriole, bei der sie mit beiden Füßen sprangen; das rechte Bein vor und das linke nach hinten.

»Das sieht schön aus. Sehr – elegant.« Madeline feixte und drehte sich nach den Square Dancern im Allgemeinen und Chris im Besonderen um. Sie zog ihn auf die Tanzfläche und bevor das Musikstück zu Ende war, hatte sie zusammen mit ihm die Schrittfolgen gelernt.

Madeline strahlte wie ein Honigkuchenpferd. »Es ist ganz einfach.« Sie stieß Chris ihren Ellenbogen in die Seite. »Einfacher als Square Dance.« Was natürlich nicht stimmte.

Sie tanzte noch eine Kapriole. »In welcher Sprache werden die Kommandos eigentlich erteilt?«

»Bei diesem Tanz gibt es keine. Er ist wirklich einfach. Einen Zeremonienmeister braucht man nur bei sehr langen, sehr variationsreichen Tänzen wie eben der Quadrille.« Friederike lächelte Chris zu. »Eine der Vorläuferinnen des Square Dance.«

»Kommandos gibt es auch bei manchen Volkstänzen«, sagte Michael. »Bei den schottisch-irischen *Céilì* zum Beispiel, die auch heutzutage noch getanzt werden.«

»Das wäre auch mal ein schönes Projekt«, sagte Christina Heinemann. »Ich liebe die alte irische Volksmusik.«

Das war ja eine Überraschung. Christina begeisterte sich plötzlich? Friederike hatte gedacht, sie sei nur ihrem Mann zuliebe mitgekommen. Und Werner ginge es um die Kontrolle über das Projekt.

Friederike spielte das Stück erneut. Währenddessen stellte sich Michael vor die Reihe der Herren und sie vor die Damen und sie übten mit ihnen die ersten Schritte. Es war genau so, wie Friederike gehofft hatte: Die meisten Tänzer beherrschten sehr schnell nicht nur die Schritte, sondern waren auch in der Lage, sie synchron mit den anderen Paaren zu tanzen.

Michael stellte sich schließlich neben sie an die Musikanlage und beobachtete mit schräg gestelltem Kopf. Die Tänzer übten gerade, den fünften Schritt der Gagliarda mit gekreuzten Beinen zu springen und dabei elegant zu wirken. »Das wird genial, Rieke. Ich stell mir das grad im Schloss vor.«

Bis zur Mittagspause hatten sie sich für den Branle und die Gagliarda auf die Schrittfolgen verständigt, die sie filmreif lernen wollten. Michael orderte für alle Pizza, Madeline übernahm den Ausschank an der Bar und sie verbrachten eine fantastische Stunde miteinander, in der Friederike und Michael von ihren Forschungen erzählten.

Michael lehnte neben Friederike an der Wand. »Euer Verein ist wirklich eine tolle Truppe.«

»Unser Verein.« Sie lachte ihn an. »Besser, als eine Gruppe Studierende zu engagieren.«

Er verzog das Gesicht, als habe er in eine Zitrone gebissen.

»Hattest du doch vorgeschlagen.«

»Aber Rieke, von Taktik verstehst du ja überhaupt nichts. Das überrascht mich jetzt wirklich.«

»Apropos Taktik. Hast du herausfinden können, für wann Carlsen seine Veröffentlichung plant?«

»Er hat keine Sekretärin, die ich bezirzen könnte. Nach dem Stunt, den Karin mit dem *Call for Papers* für ihn hingelegt hat, sind sie alle äußerst vorsichtig.«

»Willst du etwa behaupten, der Flurfunk funktioniert nicht mehr?«

Michael zuckte nur die Achseln und folgte den Tänzern in den großen Saal. Als nächstes stand die Quadrille auf ihrem Programm.

In einer Tanzpause später am Nachmittag zeigten sie Ausschnitte aus historischen Filmen und lenkten das Augenmerk der Tänzer darauf, wie die schweren höfischen Kostüme die Bewegungsabläufe beeinflussten.

»Der Kopf wird das Schwierigste sein.« Tanja schüttete

sich aus vor Lachen und begann mit steifem Nacken zu paradieren, als trüge sie eine dieser imposanten, unbequemen Perücken des 17. Jahrhunderts.

»Wo bekommt man heutzutage eigentlich *Mouches* her?«, fragte Rita Färber.

»Theaterbedarf«, mutmaßte Kirsten Schneider, eine andere Tänzerin der Latein-Formation. »Wir könnten die später auch für uns benutzen. Sie müssen nur groß genug sein, dass sie quer über eine ganze Tanzfläche zu sehen sind.«

»Willst du damit von deinen Fehltritten ablenken?«, fragte Gregor Buchenhain, ihr Partner.

Gelächter schallte durch den Raum.

»Ich dachte, ihr tanzt«, kam Georges' Stimme aus dem Vorraum. Dann stand er in der Saaltür und ließ seinen Blick schweifen. »Ich habe mich zu Hause gelangweilt, so als Strohwitwer. Da dachte ich, ich geh mal schauen, wie ihr vorankommt.«

Klang das nach Kontrolle? Egal – es gab keinen Grund, sich nicht über sein Erscheinen zu freuen. »Oh Schorsch, das ist ganz wunderbar! Du wirst begeistert sein.« Friederike begrüßte ihn mit einem Kuss auf die Wange.

Als sie ihr Training dann wieder aufnahmen, holte George sich einen Stuhl aus dem Büro und setzte sich neben die Musikanlage.

Aber Georges Anwesenheit war irritierend. Dass er ständig die Stirn runzelte, trug auch nicht zur Entspannung bei. Die anderen schienen es ähnlich wie Friederike zu empfinden, denn plötzlich bewegten sich alle viel steifer als zuvor. Sie patzten an den einfachsten Stellen.

Bis um sechs hatten sie proben wollen. Aber um fünf schaltete Michael die Musik aus. »Schluss für heute. Ich glaube, wir haben einen Punkt erreicht, an dem jedes Mehr zu Konfusion führen würde.« Dergleichen hatte gewiss noch keiner der Tänzer gehört: Sie waren gewohnt zu proben, bis ein Schritt saß. Oder sie vor Erschöpfung aus den Tanzschuhen kippten.

Die Falten auf Georges Stirn vertieften sich denn auch deutlich und er zischte missbilligend. Als ob es ihn etwas anginge!

»Wir haben viel geschafft heute. Ihr seid wirklich großartig.« Friederike bedankte sich mit ihren Blicken praktisch bei jedem einzeln. »Wir werden gewiss weniger Zeit brauchen, als wir erwartet haben.«

George musste natürlich auch etwas sagen. Damit nur niemand vergaß, wer er war. Er schockierte alle. »Es sieht nicht schwer aus. Aber natürlich; Volkstänze mussten so sein, damit jeder sie sofort tanzen konnte.« Es war nachgerade beleidigend, wie er ihre Arbeit klein machte. »Das traue sogar ich mir auf Anhieb zu.«

Friederike war perplex; dazu fiel ihr nichts ein.

Michael aber hatte plötzlich den Schalk in den Augen. »Das sollten wir uns nicht entgehen lassen.« Er zwinkerte Chris zu und ging an die Musikanlage. »Einen Teil der Quadrille noch einmal zusammen mit Schorsch.«

Friederike wollte gar nicht wissen, was George jetzt für ein Gesicht machte; sie studierte stattdessen die Reihe der Damen. »Micky, überlass Schorsch deinen Platz.« Tanja war genau die richtige Partnerin für ihn.

Tanja schob Micky einen Schritt zur Seite und streckte George ihre Hand entgegen. Mit einem leisen Ächzen schälte er sich aus seinem Mantel, knöpfte seine Jacke zu und nahm Mickys Platz ein. Immerhin; er nahm die Herausforderung an.

»Nun denn«, flüsterte Michael in Friederikes Ohr. Auf Chris' Nicken drückte er den Startknopf.

Chris nahm das Mikrofon auf. Er begann mit dem zweiten Tanz der Quadrille. *»L'été«. »En avant deux – en arrière – chassé à droite – chassé à gauche ...«*

Diese Schrittfolge erlaubte es George, erst einmal zwei anderen Paaren zuzusehen und dann war es kaum mehr als ein einfaches Schreiten vorwärts und wieder zurück auf den Platz und ein Chassé mit Wechselschritten. Die Kunst bestand darin, durch Kopf- und Armhaltung auch als Mann geziert zu wirken.

George war schwer geworden in den letzten Jahren und hatte nie allzu viel Aufmerksamkeit auf diesen Aspekt des tänzerischen Ausdrucks gelegt. Sie konnten sich glücklich schätzen, mit einer Latein-Formation zu arbeiten. Die gewohnte ausdrucksvolle Körperarbeit erlaubte es den Tänzern, sich schnell den barocken Manierismus anzueignen. Allerdings hatten sich auch die Square Dancer gut gehalten. Madeline hatte wohl deren Ehrgeiz geweckt zu zeigen, dass der Square Dance genauso professionell war wie das übrige Programm des Tanzclubs Lietzensee.

Beim nächsten Tanz hatte George kein direktes Vorbild. Michael zählte die Schritte, während Chris in seinem abenteuerlich klingenden Französisch »*La Poule*« ansagte. »*Traversé – retraversé – balancé – demi-promenade – en avant deux – dos-à-dos ...*« Aber George bewies, dass er vorher aufmerksam zugesehen hatte. Selbst die Partnerwechsel bekam er ohne Verzögerung zustande.

Tanja bedachte ihn mit einem Blick voller Stolz. »Schorsch, es ist eine Schande, dass du aufgehört hast zu tanzen. Du wärest immer noch gut.«

Michael sog hörbar die Luft ein.

Tanja sollte George bloß nicht auf Ideen bringen! Alles, nur nicht dieses Thema jetzt. Das Projekt war mit so viel Mühe zum Leben erweckt worden; ein einziger Windhauch konnte es hinwegfegen.

Friederike war es so leid zu lavieren. Lavieren, immer lavieren. Im Fachbereich. Im Verein. Sie musste das nicht auch noch zu Hause haben.

Nach der Quadrille verließ Madeline die Formation und legte ihren Arm um Chris' Hüfte. »Es war eine schlechte Idee, dich zu unserem Zeremonienmeister zu ernennen. Wir sind seit Ewigkeiten nicht mehr dazu gekommen, zusammen zu tanzen.«

Er lachte und küsste sie auf die Nasenspitze. »War das dein geheimer Hintergedanke, als du uns die Barock-Tänze vorgeschlagen hast?«

Madeline kicherte. »Ich werde mir etwas Neues ausdenken.« Sie setzte sich auf den Boden und wechselte ihre Schuhe. »Groß... Rieke, wir brauchen auch passende Schuhe. Habt ihr daran gedacht?« Sie hielt ihren Tanzschuh hoch und betrachtete ihn von der Seite.

Kirsten nahm Madeline den Schuh weg und hielt ihn ihrem Partner vor die Nase. »Kannst du überhaupt darauf stehen? Oder laufen? Tanzen?«

Die beiden hatten recht. In jener Zeit waren die Schuhe für Männer und Frauen gleich gewesen: hohe Absätze für den Adel. Damit konnten sie nicht erst am Drehtag ankommen. »Wir sollten die Herren tatsächlich darin trainieren lassen, damit sie gewohnt sind, sich in ihnen zu bewegen.«

Werner zog eine Grimasse. »Noch mehr Kosten.« Aber nun, da sie es angefangen hatten, mussten sie es auch richtig machen.

Tanja hängte sich an Werners Arm »Hast du nicht neulich zugesagt, dass der Verein die Finanzierung der Kostüme bezuschusst? Warum nicht damit anfangen?« Sie klimperte unschuldig mit den Wimpern.

»Weil ihr diese Schuhe nur einmal brauchen werdet.«

»Zwei Mal!«, rief Madeline. »Einmal für – Georges Frau«, und sie betonte das unüberhörbar, »einmal für den nächsten Tag der offenen Tür.«

»Den der Vorstand bislang nicht geplant hat.« Werner guckte noch grimmiger als zuvor.

Lydia Aydemir schwenkte ihren roten Cowboy-Stiefel. »Können wir jetzt nach Hause gehen oder tanzen wir noch was? Mein Mann würde sich freuen, mich mal zu sehen.«

»Wir gehen in die Kneipe«, rief Hinnerk, der inzwischen mit einem Bier an der Bar stand. »Ruf Sakir an; er kann ja sogar zu Fuß kommen.«

Kneipe war eine gute Idee; aber was tat sie mit George so lange? Friederike tauschte mit Michael einen Blick, damit er begriff, er sollte unbedingt mitgehen.

George hatte ihren Blick auch aufgefangen. Und verstand ihn falsch. »Du willst in die Kneipe, Rieke? Brauchst du die Zeit nicht für dein Manuskript?«

Sie hätte ihn erwürgen können. »Ich hatte nicht die Absicht; wie kommst du darauf?«

Er starrte Michael geradezu feindselig an. Richtig. Genau aus diesem Grund hatte sie nicht die Absicht mitzugehen.

Michael verließ den Tanzsaal und kam gleich wieder zurück, seinen Mantel über dem Arm. »Die gleiche Kneipe wie freitags?« Er winkte Friederike zu. »Am Montag hast du meine Kommentare zum Manuskript.«

Madeline ließ sich von Chris auf die Füße helfen und schlang dann ihre Arme um seinen Hals. »Traust du dich ohne mich in die Höhle der Löwen? Ich fahre mit Großmama; ich muss pauken.«

Chris versenkte sein Gesicht in ihren Haaren und sagte etwas, was ihr Gesicht zum Leuchten brachte. Der Anblick dieser zwei war immer wieder schön. Friederike konnte sich nicht vorstellen, dass es eines Tages zwischen ihnen zu Ende gehen würde, wie George unausgesetzt prophezeite. Wenn sie und George wie diese beiden mehr als den Tanz gemein gehabt hätten... oder mehr als ein Kind ..., dann hätte sich ihr Glück nach dem Unfall nicht so schrecklich eingetrübt.

Die Tänzer zogen ihre Straßenschuhe an und dann machte sich ein Paar nach dem anderen auf den Weg in die Kneipe. George und Werner verschwanden im Büro. Sie schlossen die Tür hinter sich, aber bald darauf war unüberhörbar, dass sie sich stritten.

Friederike trank ihren Wein aus und rutschte mit einem zornigen Knurren vom Barhocker. Das könnte denen so passen, dass sie sie hier warten ließen, bis sie ihre Schlacht geschlagen hatten.

»Großmama, lass uns in die Kneipe gehen. Irgendjemand wird uns sicher fahren.«

»Klar. Michael würde das gewiss machen.« Und Georges Eifersucht weiter befeuern. – Ohne anzuklopfen öffnete sie die Bürotür. »Schorsch, gib mir den Autoschlüssel. Dann könnt ihr euch in Ruhe fertigstreiten und ich meine Arbeit machen.«

George hatte wohl schon die Auseinandersetzung mit Werner stinkwütend gemacht. Jetzt sah er aus, als wolle er ihr an den Hals springen. Der Mann und seine Launen!

Friederike ließ ihre ausgestreckte Hand sinken. »Oder wir gehen jetzt doch in die Kneipe.« Sie wandte sich um und winkte Madeline, die daraufhin ihren Mantel überzog.

Sie waren erst auf dem ersten Treppenabsatz angekommen, als die Tür geöffnet wurde und George nach ihr rief. Madeline grinste sie an, bevor Friederike sich umdrehte.

»Wir sind fertig.« Hinter Georges Schulter tauchte Werners Gesicht auf. Knallrot; auch er hatte sich anscheinend geärgert.

Wieder einmal kam sie sich vor wie an der Uni. Auch hier galt es, den eigenen Kopf durchzusetzen. Was sinnvoll war, zählte wenig. Kein Wunder, dass der Verein um seine Existenz zu kämpfen hatte.

11

Zu Hause legte George den Autoschlüssel auf die Kommode und nahm Friederike in die Arme, noch bevor sie ihren Mantel ausgezogen hatte. »Rieke, das war brillant!« Er nahm sie in die höfische Tanzhaltung, die er gerade gelernt hatte; die Hände hoch erhoben. Mit gezierten Schritten führte er sie ins Wohnzimmer, wo er sie mit einem Kratzfuß losließ.

»Ganz wie früher.« Sie zog den Mantel aus, legte ihn über die Lehne der Couch und setzte sich.

»Ich stell mir die Kostüme dazu vor. Es wird ein großer Spaß sein.« Er ging zum Schrank und holte die Cognac-Flasche heraus. »Du auch?«

Sie nickte. Nach dem aufreibenden Tag konnte sie etwas vertragen, um die Anspannung zu lösen.

Er reichte ihr ein halb gefülltes Glas und setzte sich neben sie. »Es ist selbst für mich alten Knochen einfach genug, um da mitzuhalten.«

»Was meinst du damit?« George wollte Gagliarden und Quadrillen tanzen? Etwa mit ihr? Das ging nicht; das würde garantiert eine Katastrophe. Sie hatten seit sechzehn Jahren nicht mehr miteinander getanzt. Außer der einen Rumba im Karneval.

Hektisch suchte sie nach einer Idee, wie sie seinen Eifer dämpfen konnte. Wenn George erst mal anfing, würde er nicht ruhen, bevor er das ganze Projekt in seinen Fingern hatte. Es war aber kein Projekt des Vereins. Hatte er das in seinem Überschwang vergessen?

»Hast du nicht eben gesagt, ich lerne immer noch genauso schnell wie früher?« George hatte plötzlich den Schalk im Gesicht. »Ich werde die jungen Leute überraschen.«

»Du brauchst eine Partnerin.« Sie runzelte die Stirn. »Ich habe keine Zeit dafür.«

»Aber heute hast du getanzt.«

Sie nickte. »Freilich. Wir wollten mehr bieten als ein paar alte Bilder und Ausschnitte aus ,Angelique'. Michael und ich werden uns künftig abwechseln; keiner von uns hat Zeit für alle Proben. Ich muss das Manuskript in vier Wochen dem Verlag vorlegen.«

Jetzt sah er ernsthaft schockiert aus. »Aber bis dahin ... Dann hat Hans-Dieter recht: Eure Tanzerei kollidiert mit den Proben der Formation. Da müsst ihr ja jeden Tag stundenlang üben.« Zornig ballte er die Fäuste. In dem Augenblick traute sie ihm zu, dass er erneut die Seiten wechselte.

Bevor er von ihr verlangen konnte, das Projekt abzublasen, begann sie zu lachen. »Schorsch, du hättest andermal besser zuhören sollen, wenn ich Veröffentlichungen vorbereitet habe. Es dauert mindestens bis zum Frühjahr, bevor das Manuskript druckreif ist. Wir können noch monatelang trainieren.« Oje! Kaum hatte sie den Satz ausgesprochen, war ihr klar, dass sie sich jetzt selber in den Fuß geschossen hatte.

»Und warum hast du dann trotzdem keine Zeit zu tanzen?«

Sie seufzte. »Mit der Abgabe des Manuskripts ist es nicht getan. Wer weiß, was der Verlag alles geändert haben will.«

George runzelte die Stirn »Aber was musst du denn proben? Da du die Tänze lehrst, kannst du sie doch schon!« Angesichts von Georges Eifer wurde ihr immer mulmiger. Er war tatsächlich versessen darauf. Wollte er jetzt ernsthaft wieder anfangen zu tanzen oder lockte ihn nur dieses ausgefallene Projekt? Sie brauchte Zeit, um nachzudenken, wie sie damit umgehen sollte.

»Damit hast du freilich recht.« Sie kuschelte sich an ihn und gab ihm einen Kuss. »Probieren wir einfach aus, wie wir das hinkriegen.« Besser, sie beendete das Thema jetzt. Sonst würde er sich so an der Idee festbeißen, dass er eher das ganze Projekt aufs Spiel setzte, als davon Abstand zu nehmen, selber zu tanzen.

»Es wird schon klappen.« Georges Hand fuhr unter ihre Haare und er streichelte ihren Nacken »Und wenn ich mehr Zeit brauche als die anderen, um synchron zu tanzen, dann heben wir uns das halt für den Tag der offenen Tür auf.«

»Also habt ihr den jetzt beschlossen?«

Er wand sich ein wenig unbehaglich in den Schultern. »Im Vorstand haben wir noch nicht einmal darüber geredet. Aber wer sollte etwas dagegen haben?«

»Werner?«

Georges tastete nach dem Reißverschluss in ihrem Rücken und zog ihn ein Stück herunter. Seine Finger kreisten auf ihrem rechten Schulterblatt. »Hat er was gesagt?«

»Nun ja ...«

»Ich weiß schon. Werner sieht immer nur die Ausgaben; nicht, was daraus an Einnahmen entstehen könnte.« Er schob das Kleid von ihrer Schulter. »Aber das müssen wir nicht jetzt diskutieren.«

»Wahrhaftig nicht.« Was der Verein später mit dem anfing, was die Square Dancer und die Formation jetzt lernten, war eigentlich nicht ihre Sache.

Sie müsste Michael anrufen und ihm sagen, dass George mit ihr tanzen wollte. Und dann? Würde er nicht denken, das sei der erste Schritt, ihn abzuschieben? Der Mohr hat seine Schuldigkeit getan ... Aber sie hatte Michael versprochen, ihn nicht stehen zu lassen, wenn es George einfallen sollte, selber wieder zu tanzen. Sie würde ihr Wort halten.

12

Als Friederike Montag früh in den Fachbereich kam, lagen Michaels Anmerkungen zu ihrem Manuskript auf dem Schreibtisch. Sie blätterte den Ordner kurz durch: nicht viel und nichts Wesentliches. Kaum mehr als ein Tag Arbeit.

Sie fuhr den Computer hoch und sichtete währenddessen die Post. Noch ein *Call for Papers*. Eine Konferenz im kommenden Herbst in Toulouse, veranstaltet vom dortigen *Musée du Vieux-Toulouse*. Es wäre gewiss nett, daran teilzunehmen. Aber Konferenzsprache Französisch?

Sie rief in Michaels Büro an. »Kannst du französisch?«

»*Bonjour, Madame.*« Er lachte. »*Où est la gare?* Ich finde mich zurecht. Willst du mit mir Urlaub in Frankreich machen?«

»Du wirst es nicht glauben: ja. So ähnlich. Nächsten Herbst gibt es eine kleine, und vermutlich feine, Konferenz in Toulouse.«

»Herbst ist gut. Da können wir ein paar Tage den Studierenden entfliehen.«

»Also kannst du gut genug französisch, Diskussionen zu bestreiten?«

Michael grummelte etwas, dann seufzte er. »Ich war mal richtig gut in Französisch. Mit etwas Übung ... Und du?«

»Dann üben wir zusammen.«

Dieses Mal war Michaels Seufzer eindeutig auf Theatralik angelegt. »Was ist bloß aus dem hugenottischen Erbe eurer Familie geworden?«

»Guter Gedanke! Wir lassen das Papier von Madeline korrigieren. Sie ist unser Sprach-Genie.«

Kurz darauf kam Michael in ihr Büro und ließ sich eine Kopie des *Call for Papers* geben. »Wieso hat Tom mir das nicht zukommen lassen? Hat er eine neue intrigante Sekretärin?«

»Frag ihn!«

»Lieber nicht. Wenn er wegen uns seine Sekretärinnen verschleißt, wirft er uns raus.«

Kann er nicht, hätte sie beinahe gesagt. Aber nur sie hatte eine Beamtenstelle. Michaels Vertrag war zwar unbefristet, aber das hieß mittlerweile ja nichts mehr. »Vielleicht glaubt er, dass das hugenottische Erbe meines ist und nicht das von George. Woher soll er wissen, dass du besser französisch kannst als ich?«

»Na, liest er meine Forschungsergebnisse nicht?«

Sie lachte. »Waren deine Quellen für Oxford nicht alle in Okzitan?«

Er legte die Hand aufs Herz und setzte ein Gesicht auf, als habe sie ihn tief verwundet. »Du liest meine Forschungsarbeiten auch nicht. Sonst wären dir die französischen Quellen nicht entgangen.«

»Deine Arbeiten les ich schon; aber deine Literaturlisten nicht.«

»Zurück zum Thema: Du meinst, wir sollten da hinfahren?«

»Spricht etwas dagegen?«

»Gut. Wir fahren. Toulouse im September ist fein.« Er blätterte durch die Unterlagen, las einzelne Stellen und runzelte immer mehr die Stirn. »Wenn mir ein Thema dafür einfällt.«

»Aber Michael!« Warum nur hatte dieser Mann so wenig Zutrauen in seine Fähigkeiten? Er hätte längst Karriere gemacht, wenn er mutiger wäre.

Er grinste. »Wahrscheinlich hast du mal wieder recht. Ich denk mir was aus.«

Was ausdenken, das war das Stichwort. »Schorsch löchert mich wegen unseres Films.« Und sie wusste immer noch nicht, wie sie ihn abwimmeln konnte, ohne das ganze Projekt zu gefährden.

Michael zog fragend eine Augenbraue hoch.

»Er will mittanzen.« Sie hielt die Luft an.

»Und was hast du gesagt?« Michaels Gesicht war ausdruckslos, aber die Spannung in seiner Stimme verriet ihn doch: Er fragte sich, wie lange es dauern würde, bis George auch die Gesellschaftstänze wieder mit ihr tanzen wollte.

»Dass wir erst mal sehen müssen, wie alles läuft.« Sie zuckte die Achseln, um dem Ganzen den Eindruck von Beiläufigkeit zu geben. »Schorsch konnte sich noch nie anpassen. Es wird ihn quälen, synchron mit anderen zu tanzen.«

»Dann könnte er bei den Tänzen dabei sein, die das nicht erfordern.« Machte es ihm wirklich nichts aus? Sie suchte in seinem Gesicht nach einem Zeichen, was er darüber dachte.

Michael feixte plötzlich. »Jetzt möchtest du Gedanken lesen können. Traust du mir nicht?«

»Und du – traust du mir? Ich bleibe im Tanzkreis deine Partnerin, ganz gleich, was Schorsch irgendwann einfällt.« War das die Lösung für das Dilemma, das sich vor ihr abzeichnete? Tanzkreis mit Michael und Barock mit George? Sie wagte nicht zu fragen, was er von dieser Idee hielt. Michael müsste selber darauf kommen: Nur dann wäre sie sicher, dass er das für eine gute Lösung hielt.

»Ich weiß, dass du das ernst gemeint hast. Aber kannst du das auch durchhalten?«

Für so nachgiebig hielt er sie? Sie war schockiert – und verletzt. Aber hatte er nicht recht? Hatte sie sich nicht sechzehn Jahre lang gewünscht, wieder mit George zu tanzen? Michael verdiente Ehrlichkeit.

»Schorsch ist inzwischen viel zu alt, um ernsthaft an den Turniertanz zu denken.«

»Aber tanzen will er wieder. Das ist offensichtlich.«

»Er würde sich niemals zu einem Tanzkreis herablassen.« Sie begann, auf ihrem Schreibtisch herumzuräumen, um Zeit zum Nachdenken zu finden.

Michael kaute auf seiner Unterlippe. Offensichtlich dachte er auch nach. »Weil das Niveau im Tanzkreis ein Rückschritt wäre gegenüber dem, was ihr früher getanzt habt? Diese Barock-Geschichte dagegen ist Neuland ...«

Friederike lachte auf; erleichtert, dass Michaels Gedanken in die gleiche Richtung zu gehen schienen wie ihre. »Absolut. Allerdings hat Schorsch bislang gegen jede Initiative gewettert, die über das Welttanzprogramm hinausging.«

»Ein Wunder, dass er dann den Square Dance duldet.«

»Weil er einen Teil dieser Tänzer andernfalls komplett für den Verein verloren hätte. Tanjas Eltern zum Beispiel wären niemals einverstanden, die Beiträge für zwei Tanzvereine zu zahlen.«

»Wäre sie denn nicht wegen ihres Bruders geblieben?«

Sie lachte. »So sehr braucht er sie nun auch wieder nicht. Und sie selber ist mit Recht der Meinung, dass sie genug kann, um überall mitzuhalten.«

Michael sah sie fragend an.

»Sie hat genau wie Madeline keinen weitergehenden Ehrgeiz.«

»Ach so!« Er schmunzelte. »Die künftigen Ärztinnen und Architektinnen lernen lediglich fürs standesgemäße Auftreten.«

Sie nickte. Sollte sie auf George zurückkommen? Besser nicht; Michael sollte nicht denken, sie wolle das Thema forcieren. Wo sie doch George selber zum Abwarten vertröstet hatte. »Zurück zu Toulouse.«

Er blätterte noch einmal durch die Unterlagen. So schnell, dass er gewiss nichts dabei lesen konnte. »Lass es uns machen! Das ist eine tolle Gelegenheit, auch unseren Film vorzuführen.« Er kaute wieder an seiner Lippe. »Wir können die Tagung sogar berücksichtigen, wenn wir den Film machen. Bei der Auswahl der Tänze, die wir aufnehmen. Die Leute lernen so schnell; da darf es auch ein Tanz mehr sein.«

Guter Gedanke! »Diese Einladung kommt genau zum richtigen Zeitpunkt.«

»Jetzt müssen wir nur noch alles hinkriegen.«

»Dafür«, sie wedelte mit ihrer Kopie, »hätten wir sogar fast ein Jahr Zeit.« Und wenn sie noch mehr daraus machen könnten? Eine Einladung für den Tanzclub Lietzensee? Live statt Film?

13

Am Abend rief der Programmleiter ihres Verlags Friederike zu Hause an. »Frau Lagrange, ich habe gerade Ihren Brief gelesen.« Er war schier atemlos. »Dieser Film ist eine großartige Idee! Das hebt die Veröffentlichung auf ein ganz neues Niveau ...« Kaugeräusche kamen durchs Telefon. Mit dem Anruf hätte er wahrhaftig bis nach seinem Abendessen warten können. »Allerdings – ich stell mir das schwierig vor. Wie sollen wir das finanzieren?«

Sie war ratlos, was er damit meinte, und wartete auf eine nähere Erklärung. Aber er schien genauso sehr auf eine Antwort von ihr zu warten.

»Ein CD-Rohling kostet... wie viel? Meinen Sie nicht, Sie könnten das Buch zwei Euro teurer machen als ursprünglich geplant, wenn es die CD dazu gibt?«

»Bei dieser Auflage deckt das die zusätzlichen Unkosten nicht.«

»Welche Unkosten haben Sie zusätzlich? Die Plastiktasche zum Einlegen der CD?« Sie verdrehte die Augen; was für ein Kleinkrämer. »Ein Bekannter arbeitet in einem Musikverlag. Ich kann ihn gerne fragen, wie viel so etwas kostet.«

»Aber Frau Lagrange! Für was halten Sie mich?« Das sagte sie ihm lieber nicht. »Ich spreche von den Kosten für die Produktion des Films. Die Gagen.«

»Oh, wenn es das ist! Wir haben alles schon geklärt; machen Sie sich keine Sorgen. Mein Mann ist im Vorstand eines Tanzvereins. Und die Tänzer freuen sich über die Abwechslung.« Sie wartete einen Augenblick, ob er etwas dazu zu sagen hatte. Hatte er nicht. »Andernfalls hätte ich Ihnen einen Kostenvoranschlag beigelegt.«

Seine Antwort war unverständlich; vermutlich dachte er bloß laut vor sich hin. Wenn er sich nicht entscheiden konnte ... Nun hatten sie die Konferenz in Toulouse in Aussicht. Damit lohnte sich das Projekt allemal; selbst wenn der Tanzclub Lietzensee es nicht dauerhaft als zusätzliches Angebot aufgriff. Und für zwei Euro würden die Studierenden die CD allemal kaufen.

»Frau Lagrange, ich bespreche das morgen früh mit Herrn Weyring. Ich bin sicher, ich kann Ihnen danach grünes Licht geben.« Als ob sie darauf angewiesen wären. Oder darauf gewartet hätten. Bürokraten!

Nachdem sie einen Telefontermin für den folgenden Nachmittag vereinbart hatten, holte sich Friederike ein Glas und die angebrochene Flasche Burgunder aus dem Kühlschrank. Sie entschied sich für einen uralten Truffaut-Film und wickelte sich auf der Wohnzimmercouch in eine Decke.

Eine Stunde später kam George von seiner Vorstandssitzung nach Hause. Nachdem er sein Glas gefüllt hatte, setzte er sich neben sie, nahm ihre Füße in seinen Schoß und begann sie zu massieren. »Wie war dein Tag, Rieke?«

»Interessant. Nächstes Jahr gibt es eine Konferenz in Toulouse ...« Sie erzählte ihm von der Idee, das Museum für eine öffentliche Rahmenveranstaltung zu gewinnen. »... und der Weyring soll morgen seinen Segen zu unserer CD geben.«

»Soll geben. Was heißt das?«

»Er erfährt erst morgen von seinem Glück. Der Programmleiter fürchtet sich ein bisschen, aber er will es ihm schmackhaft machen.«

»Wann müssen wir das alles gelernt haben?«

»Es kommt darauf an, wie lange die brauchen, um die CDs produzieren zu lassen. Zu Weihnachten, schätze ich.«

»Weihnachten?« George setzte sich gerade hin. »Oh, das ist gut. Der Vorstand hat beschlossen, einen Silvesterball mit Programm zu organisieren.« Er lächelte verschmitzt. »Statt eines gewöhnlichen Tags der offenen Tür.«

»Mit Programm?« Und das hatte Werner abgesegnet? Dafür brauchten sie doch eine Bühne. In den Vereinsräumen konnte sie sich das nicht vorstellen. Wenn der große Saal voller Gäste wäre, gäbe es nicht viel Platz zum Tanzen. Und wenn es genug Platz zum Tanzen gab, wäre wenig Platz für zahlende Gäste. Dann würde der Ball nicht allzu viel einbringen.

»Wir mieten das »Zenner« im Treptower Park. Es liegt ideal. Stell dir nur vor, wie sich das Feuerwerk in der Spree spiegeln wird.« George begeisterte sich immer mehr, während er die Einzelheiten des Programms vor ihr ausbreitete. Gewiss hatte er auf diese Weise auch Werners Bedenken vom Tisch gewischt. »Selbstverständlich sind deine barocken Tänze der Höhepunkt vor Mitternacht.« Er rieb nachdenklich seinen Nasenrücken. »Apropos Mitternacht! Wir könnten es auch als Maskenball aufziehen, was meinst du?«

Als Maskenball! Hatte er den Faschingsball vergessen? Ihr Magen verknotete sich bei der Erinnerung an Madelines Wüten.

»Oh!« Georges zog die Augenbrauen hoch; dann begann er zu lachen. Offensichtlich erinnerte er sich auch. »Das lag an Margas Tanzkarten, nicht an den Masken.« Auch wieder wahr.

»Venezianische Masken bräuchten wir zu den Barock-Kostümen.« Aber die waren bestimmt auch in irgendeinem Fundus vorhanden.

George klopfte auf ihrem linken Fuß einen imaginären Takt. »Dann machen wir das als Maskenball.« Er strahlte wie ein kleiner Junge. So aufgeräumt hatte sie ihn schon lange nicht erlebt. Vielleicht machte es wirklich einen Unterschied für ihn, ob er selber tanzen konnte oder nicht. Was nun ihr Dilemma würde, falls ihm einfallen sollte, dass er sich nicht auf ihr Projekt beschränken mochte. Ihr Projekt? Sie fuhr sich nachdenklich durch die Haare.

»Heh, der Platz ist für meine Finger reserviert.« George

zog ihre Hand zu sich und küsste die Innenfläche. »Was brütest du jetzt aus, dass du dir so die Haare raufen musst?«

»Es klingt, als könnte der Verein mit den barocken Tänzen eine Menge hermachen.«

»Ja sicher. Wenn wir damit sogar anderswo auftreten ...« Er sah sie fragend an.

Sollte sie jetzt besser nichts weiter sagen oder war es klüger, seinen augenblicklichen Enthusiasmus zu nutzen? »Ich denke gerade nach.«

»Das tust du doch dauernd.« Er beugte sich vor und gab ihr einen Kuss auf die Nasenspitze. »Und was ist es dieses Mal?«

»Es gibt einige unter den Tänzern, die genauso begeistert sind wie du. Könntet ihr nicht eine neue Gruppe aufmachen? Oder zieht das zu viel Kraft von dem ab, was sie eigentlich tanzen?«

»Du meinst ein zusätzliches Angebot?« Sein Gesicht verriet nicht, was er dachte. Sie musste ihn jetzt so lange ungestört nachdenken lassen, bis er eine Meinung dazu hatte, über die sie diskutieren konnten. Sonst würde er sich bedrängt fühlen. »Werner wird nicht wissen, wie wir das finanzieren sollen.«

Warum redeten heute eigentlich alle davon, wie viel das Ganze kostete? »Die Leute zahlen doch neben dem Mitgliedsbeitrag zusätzlich für die einzelnen Kurse oder Trainingsstunden.«

»Ja sicher; aber diese Gebühren müssen wir möglichst niedrig halten. Und der Grundbeitrag ist nicht darauf ausgelegt, dass viele alles in Anspruch nehmen.« Das konnte sie nachvollziehen. Anders konnte der Verein nicht gleichzeitig mäßige Beiträge bieten und ein vielfältiges Angebot vorhalten.

»Aber soweit die Räume frei sind, könnte eine weitere Gruppe sie nutzen und dadurch immerhin einen kleinen Beitrag zur Miete leisten.«

Dagegen konnte George nichts einwenden.

Es würde dem Etat gut tun, wenn sich der Verein neuen Ideen öffnete. Er musste die Jugend gewinnen, wenn er überleben wollte. Mit den Gesellschaftstänzen allein kam er nicht mehr weit.

14

Die Antwort für Toulouse hatte noch Zeit, aber Friederike kündigte Tom an, dass sie teilnehmen wollten. Konnte Carlsen eigentlich französisch?

Er konnte, sagte Tom. Und wies darauf hin, dass der Fachbereichsrat sie nicht wieder ohne Weiteres bevorzugen konnte. »Der Fachbereich kann es sich nicht leisten, Carlsen an eine andere Uni zu verlieren.«

Hieß das, Carlsen hatte einen Ruf an eine andere Universität erhalten und führte jetzt Bleibe-Verhandlungen? Dann mussten sie dem Fachbereichsrat wohl von ihrem Tanzfilm erzählen, um unschlagbar zu sein.

Innerlich fluchend ging Friederike in ihr Büro zurück und verbrachte die nächsten drei Stunden mit Recherchen, welche Universitäten welche Professuren ausgeschrieben hatten. Wenn sie etwas Passendes fand, musste Michael sich bewerben und dann ebenfalls Bleibe-Verhandlungen führen. Sie konnten ihn noch weniger entbehren als Carlsen – zumindest Tom sah das ebenso wie sie.

Sie hasste diese Intrigen; aber wie es schien, hatte sie sich viel zu lange nicht darum gekümmert. Und noch länger nicht mitgespielt. Michael würde sie für verrückt erklären, wenn sie ihm damit kam. Er konnte auch nicht gut intrigieren; aber es musste sein.

Am Ende hatte sie drei Ausschreibungen, die noch nicht abgelaufen waren. Michael würde diese Stellen gewiss niemals annehmen. Aber sie taugten, um den Fachbereichsrat unter Druck zu setzen.

Am Nachmittag ging sie zu ihm ins Büro, um die Überarbeitung ihrer Manuskripte zu besprechen. Sie nahm die Ausschreibungen mit.

Zu ihrer Überraschung bat er sie, mit dem Verlag einen früheren Veröffentlichungstermin auszuhandeln.

Sie studierte seinen Arbeitsplan eine Weile. »Das geht nicht, Michael«, sagte sie schließlich. »Wir kriegen die CD nicht so schnell fertig. Die Leute müssen doch erst einmal alles lernen.«

»Sie sind gut; das hast du am Samstag doch gesehen. Machen wir aus den Halbtags-Terminen an den Wochenenden ganze Tage. Dann kriegen wir das hin.«

»Warum hast du es plötzlich so eilig?«

Michael seufzte. »Der Flurfunk ... Carlsen hat sein Manuskript angeblich heute Vormittag in die Post gegeben. Jemand hat ein dickes Päckchen gesehen, dass an den Herkomm-Verlag gerichtet war.«

»An den Herkomm-Verlag?« Sie starrte Michael ungläubig an. »Das ist ein Publikums-Verlag!«

»Ich weiß. Aber welchen Unterschied macht das?« Er feixte. »Außer dass er denkt, sein Material ist nicht fundiert genug für eine wissenschaftliche Veröffentlichung.«

»Aber Michael!« Wie konnte er das ernst meinen? »Es bedeutet, dass er versuchen wird, beides zu machen. Die schwierigere Arbeit halt aufgeschoben hat.«

»Sicher. Er arbeitet vermutlich erst mal an seinem Gastvortrag für Freiburg. Ich habe den Reisekostenantrag gesehen.«

»Er lässt sich die Reisekosten von hier erstatten, um sich in Freiburg zu bewerben?« Das war frech!

»Er bewirbt sich nicht in Freiburg.«

»Woher weißt du das?«

»Der Fachbereichsleiter hat mich angerufen. Sie veranstalten im Dezember ein Symposium und wollten mich dazu einladen.« Wieso erzählte er ihr das erst jetzt? »Ich habe ihm gesagt, dass ich keine Zeit habe. Unser gemeinsames Projekt geht vor.« Und dann, als könnte er ihre Gedanken lesen: »Deswegen habe ich dir nichts davon erzählt.«

Das war natürlich eine Erklärung. Aber kein guter Grund. »Warum lässt du uns nicht gemeinsam entscheiden, ob du beides unter einen Hut bringst? Es ist eine Chance mehr für dich.«

»Chance wofür? Ich habe nicht die Absicht, aus Berlin fortzugehen. Allenfalls Potsdam käme noch in Frage. Berlin ist immer noch eine aufregende Stadt; ich möchte nichts davon missen.«

Vielleicht sollte sie dann doch nicht mit der Idee der Fake-Bewerbungen ankommen. Wenn er so vehement für Berlin schwärmte, dann wussten das andere auch. Man würde ihm nicht abnehmen, dass er sich anderswo bewarb.

»Wie auch immer«, fuhr er fort. »Nun ist es zu spät. Stattdessen fährt Carlsen.«

»Hattest du dir das nicht denken können?« Was war nur los mit Michael? Machte er sich denn nie, nie Gedanken, wie er seine Karriere voranbringen konnte? Plötzlich war sie sauer. »Es ist dir aber schon klar, dass ihn das auch hier bei uns aufwertet?«

Er zuckte die Achseln. »Ich mess mich nicht an anderen Leuten. Für mich zählen die Studierenden und dass mir meine Arbeit Spaß macht.« Er lächelte spitzbübisch. »So wie unser Tanzprojekt. Es ist einfach großartig, dass ich damit alles zusammenbringe, was mir wichtig ist.« Raffinierter Schmeichler!

Friederike schüttelte noch immer entnervt den Kopf, aber ihr Zorn verrauchte weit genug, dass der Verstand die Oberhand gewann. »Wenn Carlsen nur unseren Plänen nicht schaden kann. Stell dir vor, er würde den Reiseetat des Fachbereichs ausschöpfen!«

»Das Museum in Toulouse zahlt die Spesen derer, die sie einladen.«

»Für einen von uns, ja. Und der andere?«

»Jetzt schreiben wir erst mal das Papier und dann müssen wir abwarten, ob sie uns überhaupt einladen wollen.« Was nach dem Erfolg in Oxford garantiert war. Schließlich hatte sie deswegen den *Call for Papers* bekommen. Von wem eigentlich? Sie sollte sich die Teilnehmerliste noch einmal anschauen; offensichtlich hatte sie mindestens einen der Franzosen übersehen. Sie würde dafür sorgen, dass Carlsen ihnen nicht wieder wie in Oxford die Butter vom Brot nahm.

Michael sah auf die Uhr. »Ich muss ins Seminar. Und dann fang ich an, mir hierüber Gedanken zu machen.« Er wedelte mit den Unterlagen aus Toulouse.

Nun hatte sie kein Wort zu den Fake-Bewerbungen gesagt. Sollte sie? Sie war noch immer unschlüssig. Vielleicht sollte sie sich lieber auf die Arbeit konzentrieren statt bei Intrigen mitzumischen. Dafür war sie eh nicht gut geeignet.

15

Drei Tage später saß Friederike mit einer Flasche Champagner bei Michael im Büro. Weyring hatte weit mehr getan, als den Vorschlag mit der Tanz-CD aufzugreifen: Im kommenden Sommer würden sie ihr übersetztes Buch und ihre Arbeit in den USA präsentieren.

Plötzlich wurde die Tür aufgerissen und Carlsen stürmte herein. Die Haare standen ihm zu Berge, als habe er sie seit Stunden gerauft, und sein Gesicht war rot angelaufen.

Er blickte von Michael zu Friederike und wieder zurück. Dann blieb sein Blick an der Champagnerflasche hängen. Er stemmte die Fäuste in die Hüften. »Dann habe ich doch richtig geraten.«

Friederike lächelte ihn an. »Sie haben erraten, dass wir hier zusammensitzen und ein Glas Sekt trinken?« Sie zog eine Augenbraue hoch. »Und ich dachte, ich hätte die Flasche sorgsam verhüllt, als ich heute morgen gekommen bin.«

Carlsen blies die Backen auf. Wirklich und wahrhaftig; er sah aus wie ein Luftballon. »Sie! Seit fünfzehn Jahren haben Sie es darauf angelegt, mir meine Karriere zu ruinieren. Aber das lasse ich mir nicht länger bieten. Ich werde dafür sorgen, dass Sie beide kein Bein mehr auf die Erde kriegen.«

»Was ist denn passiert, Professor Carlsen?« Carlsen reagierte nicht auf den anzüglichen Ton, in dem Michael den Titel benutzte.

Aber er wurde noch röter im Gesicht. »Sie haben mir meine Veröffentlichung gestohlen!« Er wurde immer lauter. »Erst booten Sie mich in Oxford aus; jetzt beim Kurinski-Verlag.«

»Ach? Sie wollten beim Kurinski-Verlag veröffentlichen? Herr Weyring hat mit keiner Silbe erwähnt, dass er mit Ihnen in Kontakt steht.« Er hatte also ernsthaft daran gedacht, das Material für die Oxforder Konferenz umzuschreiben und quasi ein zweites Mal zu veröffentlichen. Und sich eingebildet, Weyring würde es nicht erfahren. Carlsen schien der Gedanke fern zu liegen, dass dies der Grund sein könnte, warum der Verlag sein Buch nicht wollte.

So abschätzig, wie Michael ihn musterte, hatte der wohl ähnliche Gedanken. Aber warum glaubte Carlen, sie seien verantwortlich?

»Das vergesse ich Ihnen nicht!« Carlsen war tatsächlich in der Lage, sich noch mehr aufzuplustern. Wahrscheinlich berauschte er sich an seinem Zorn.

Michael stand auf. »Herr Carlsen, Sie sollten wieder gehen. Ihr Benehmen ist inakzeptabel.«

Michaels Ruhe schien ihn noch mehr aufzubringen. Er knetete seine Fäuste und rang nach Luft.

Sie hatte im Laufe der Jahre schon manchen Auftritt Carlsens erlebt; aber dies übertraf alles. Und nur wegen eines Problems mit irgendeinem Verlag? Unmöglich. Es musste mehr dahinterstecken.

Michael öffnete die Tür und wies mit einer unmissverständlichen Bewegung hinaus.

Carlsen versuchte, Friederike mit seinem Blick zu erdolchen, bevor er sich zur Tür wandte.

Zwei Studentinnen kamen lachend den Flur entlang. Vor Michaels Tür verlangsamten sie ihren Schritt. Eine von ihnen grüßte Carlsen höflich; aber die hochgezogenen Augenbrauen sagten deutlich, dass sie sich wunderte. So derangiert hatte sie ihren Professor sicherlich noch nie gesehen.

Die Röte in Carlsens Gesicht vertiefte sich. »Ja, also ...«, murmelte er. Dann verließ er hastig das Büro.

Michael schloss die Tür und lehnte sich dagegen. »Was war das denn?«

Friederike deutete auf ihr Manuskript. »Kriegen wir das heute fertig?«

Mit einem leisen Lachen kam Michael an den Schreibtisch zurück. »Es ist nicht mehr viel.« Er blätterte das Manuskript durch, bis er zum vorletzten Kapitel kam »Nur dies noch ...« Er schlug einige Ergänzungen vor, weil mehrere Leute im Tanzclub sich gewünscht hatten, auch die bretonische Gavotte zu lernen. Michael fand, dann sollten sie auch davon Aufnahmen machen und sie erläutern.

»Es läuft auf einen vollständigen Tanzkurs hinaus, wenn du so weitermachst.«

»Es macht Spaß, den anderen das Tanzen beizubringen.« Plötzlich erstarrte er, Überraschung in seinem Blick. »Was ist? Du siehst aus, als hätte ich gerade den Stein der Weisen gefunden.«

Vielleicht hatte er das tatsächlich. Sie packte ihn am Arm. »Würdest du das auch ehrenamtlich machen?«

»So wie jetzt?« Er grinste. »Warum nicht!«

»Nicht so wie jetzt. Nicht so intensiv, aber länger.« Sie schmunzelte über seinen überraschten Blick. »Die Trainer zu bezahlen, macht es dem Verein so schwer, sich für neue Gruppen oder Kurse zu erwärmen. Marga ... Miete ... was weiß ich ... Das sind alles Ausgaben, die sowieso anfallen. Aber Trainer-Stunden, da zählt jede extra.«

»Auch, wenn Marga deswegen mehr Arbeitsstunden hat?«

»Marga guckt nicht auf die Uhr. Sie ist eh um einiges länger im Büro, als sie sollte. Ich glaube, sie braucht das.«

»Das sollten wir weder gutheißen noch unterstützen.« Die Lachfältchen um seine Augen vertieften sich. »Rieke, wo bleibt da deine gewerkschaftliche Gesinnung?«

Sie kicherte. »Du meinst, mein Klassenbewusstsein? In diesem Fall stehe ich dummerweise auf Seiten der Ausbeuter.«

»Zurück zum Manuskript.« Aha, dazu hatte er nichts zu sagen.

16

Zwei Monate später begannen sie mit den Filmaufnahmen im Festsaal von Schloss Schönhausen.

Für die Frisuren war die Square Dancerin Carola Maaßen verantwortlich. Sie kam mit einer Lehrerin und drei Schülerinnen aus ihrer Friseur-Klasse an der Berufsschule und sie widmeten sich mit Feuereifer ihrer Aufgabe. Mit Haarteilen und Unmengen von Accessoires richteten sie die Haare der Tänzerinnen für den höfischen Teil des Films her. Weil die Perücken, die man in vielen Historien-Filmen sah, in Wahrheit nur relativ kurze Zeit in Mode gewesen waren, hatten sie sich für die Tänzerinnen dagegen entschieden. Aber die Tänzer mussten welche tragen, denn keiner von ihnen hatte Haare, die lang genug waren, um sie im Nacken zusammenzubinden.

Tanja hatte beschlossen, Kostüme des Rokoko zu benutzen. Die über den Hüften befestigten *Poches* waren bequemer als die kugelförmigen barocken Reifröcke. Und die pastellfarbenen, tief ausgeschnittenen Kleider sehr viel schöner als die puritanischen Gewänder des Hochbarock.

Friederike bekam ein mattgrünes Kleid mit reich besticktem Mieder, einem tiefen rechteckigen Dekolleté und ellenbogenlangen Ärmeln, die sich in luftigen Nadelspitzen – den *Engageantes* – über den Unterarmen fortsetzten.

Michaels Freund Peter Kornfeld kam am Vormittag, als die meisten Tänzerinnen fertig frisiert waren. Er brachte eine Kamerafrau, seinen Skript Supervisor und eine Visagistin mit. Sein Streicher-Quartett bestand aus Musikhochschülern, die sich ein Bein ausgerissen hatten für die Ehre, in dem Film aufzutreten. Für jeden Tanz hatten sie mehrere Stücke gelernt und während Peter die Technik installierte, suchten sie mit Chris zusammen aus, was sie spielen würden.

George strahlte wie ein kleiner Junge, als ihm nach kurzer Zeit klar wurde, dass alle mit höchster Professionalität arbeiteten. Nachdem er sein Kostüm angezogen hatte und geschminkt war, wich er praktisch nicht mehr von Peters Seite. Aber er mischte sich nur ganz wenig ein und seine Vorschläge waren fast alle sinnvoll.

Sie tanzten die *Contredanse Française* zwei Mal zur Musik des Quartetts, dann wurde es ernst. Peter schaltete die Scheinwerfer ein und die Kamerafrau ihre Kamera; der Skript Supervisor hielt seine Klappe vor die Linse. »Eins – die erste.«

Chris stellte die Füße enger zusammen, als er es sonst tat, und wirkte nun gar nicht mehr wie ein Square Dance-Caller. Mit dieser kleinen Änderung seiner Haltung brachte er es tatsächlich fertig, sich ein Air von höfischem Gehabe zu geben.

»*Le rond.*« Die acht Tänzer in jedem Karree gaben sich die Hände und tanzten erst linksherum, dann rechtsherum im Kreis ... »*Le moulinet des dames.*« Die Tänzerinnen gaben sich in der Mitte ihres Karrees die rechten Hände und drehten sich im Uhrzeigersinn; dann an der linken Hand in die Gegenrichtung ... »*L'allemande.*« Die Paare reichten sich im Rücken überkreuzt die Hände und beendeten ihre Drehung dann mit einem Rigaudan-Schritt ... »*En avant et en arrière.*« Es ging einen Gavotte-Schritt vorwärts und einen zurück...

Michael stand ein Stück von Chris entfernt neben Peter und ließ die Aufnahme stoppen, wenn Fehler gemacht wurden. Friederike tanzte mit George im gleichen Karree wie Madeline, die Axel als Partner hatte. George hatte seinen Blick oft mehr bei den anderen Tänzern als bei Friederike; aber er schlug sich gut. Nur zwei Mal tat er den ersten Schritt, nachdem Axel sich schon in Bewegung gesetzt hatte.

Michael schien es nicht gesehen zu haben und ließ weitertanzen. Dachte Friederike. Aber dann ließ Peter den Tanz wiederholen, in dem George gepatzt hatte. Desgleichen später einen anderen, der Michael auch nicht gut genug war.

Am Ende hatten sie fünf der neun »Strophen« der *Contredanse Française* zu Michaels und Peters Zufriedenheit getanzt.

»Wie viele Wochenenden hattest du eingeplant?«, fragte George.

Das mochte Friederike ihm nun gar nicht sagen – diese Filmerei dauerte sehr viel länger, als sie gedacht hatte. »Wir werden sicher mit vier Wochenenden auskommen.«

George legte seine Stirn in Falten.

»Aber ja«, sagte sie mit so viel Überzeugung in der Stimme, wie sie zustande brachte. »Sobald wir in Bauernkostümen tanzen, brauchen wir sehr viel weniger Zeit für Kleider und Frisuren.«

»Selbst wenn wir nur eine Stunde mehr am Tag haben, macht es einen Unterschied«, sagte Peter. »Ihr werdet auch Routine bekommen.« Er baute seine Scheinwerfer ab. »Wo gehen wir essen, Michael?«

Zum Mittagessen gesellten sich George und Friederike zu Michael und den Filmemachern im »Richter's im Tschaikowski-Eck«, ein Restaurant im Alt-Berliner Stil, das nur fünf Minuten vom Schloss entfernt war. George war endgültig in seinem Element, als Peter begann, ihn über seine vergangene Karriere als Turniertänzer auszufragen.

»Tanzschule – rentiert sich das heutzutage überhaupt noch?«, fragte Peter schließlich.

»Wir sind ein Verein, keine Tanzschule. Wenngleich man auch bei uns tanzen lernen kann.« Er erklärte Peter des Langen und Breiten den Unterschied zwischen den Schulen und den Vereinen; natürlich bagatellisierte er dabei ein wenig die Konkurrenz, die es zwischen ihnen gab.

Peter war seinen langen Ausführungen mit unvermindertem Interesse gefolgt. Als George fertig war, lehnte er sich zurück, einen zufriedenen Ausdruck in seinem Gesicht. »Ich könnte das beim RTL unterbringen. Sie wissen, dass der Sender diese Tanz-Shows macht. Ein Hintergrundbericht dazu sollte die Zuschauer mittlerweile interessieren.«

George griff nach Friederikes Hand. »Da müssen Sie sich wohl mit dem Verlag auseinander setzen, der das Buch meiner Frau herausbringt.«

Aber Peter winkte ab. »Den Film will ich nicht haben; nicht diesen. Ich denke an einen Beitrag über die Tanz-Szene in Berlin. Mit ihrem Verein. falls Sie mögen. – Ob etwas daraus wird, hängt natürlich davon ab, ob ich vom RTL den Auftrag bekomme.«

George drückte Friederikes Hand noch fester; er schien seine Aufregung nur mit Mühe beherrschen zu können. Kostenlose Werbung bei einem renommierten Sender! Das wäre so viel mehr als ein schlichter Tag der offenen Tür. Oder der geplante Silvesterball. »Wie schnell brauchen Sie unsere Entscheidung?«

Peter hob die Schultern. »Wenn es bald sein könnte?«

»Wir können gleich auf der nächsten Vorstandssitzung am Dienstag darüber entscheiden. Wie erreiche ich Sie?«

»Über Michael natürlich.« Peter schmunzelte. »Ich habe das doch richtig begriffen, dass er Vereinsmitglied ist?« Aber dann griff er in seine Brieftasche und schob George eine Visitenkarte über den Tisch; er meinte es wirklich ernst.

George studierte sie, bevor er sie einsteckte.

Michael stand auf. »Weiter!«

Als sie zum Schloss zurückgingen, hakte George Friederike unter und hielt sie zurück. »Ich bin froh, dass du mich zu diesem Abenteuer überredet hast.«

»Werner wird Augen machen.«

»Sie werden ihm herausfallen.« George machte ein grimmiges Gesicht. »Und Hans-Dieter auch.« Dann blieb er stehen und küsste sie zärtlich.

ENDE

Quick, quick, slow - Tanzclub Lietzensee
Weitere Romane aus der Reihe

Annemarie Nikolaus
Die Enkelin

Madeline Lagrange verliert ihr Herz an den Square Dance - und an den Caller der Gruppe.

Chris Rinehart, der Caller des Tanzclubs Lietzensee, verliebt sich in Madeline. Aus Verantwortungsbewusstsein verleugnet er ihr gegenüber aber seine Gefühle.

Während Madeline mit der Kompromisslosigkeit ihrer siebzehn Jahre Chris zu verführen versucht, setzt ihr Großvater alles daran, um ihn aus dem Verein zu verbannen.

ISBN 9782493398093. Als E-Book auf allen großen Plattformen.

Annemarie Nikolaus
Flirt mit einem Star

Tanja Walters' heimliche Liebe ist ihr Square Dance-Partner Micky Hasloff. Doch als die Tänzer für einen Western engagiert werden, flirtet sie mit dem Star des Films, Manolo Rioja. Aus Eifersucht sabotiert Micky den Dreh.

Ein Treffen mit Rioja und dessen Ehefrau überzeugt ihn, dass nicht der Star ihm im Weg steht, sondern seine eigene Furcht. Wagt Micky nun, Tanja seine Liebe zu offenbaren?

ISBN 9782493398109. Als E-Book auf allen großen Plattformen

Tine Sprandel

Nele

Die ehemalige Turniertänzerin Nele lässt ihre Terrassentür immer offen. Wegen der Katzen. Ihr Lohn von dem kleinen Putzjob im Tanzclub Lietzensee reicht kaum für sie und ihre beiden Söhne, schon gar nicht für eine Katzenklappe. Eines Nachts überrascht sie einen Mann in ihrer Gartenecke im Hinterhof in Berlin-Prenzlauer Berg. Er gibt vor, seine eigene Katze zu suchen, doch sie hält ihn für einen Dieb. Worauf ist er aus? Auf ihre goldenen Tanzschuhe oder auf ihr Herz?

Taschenbuch und E-Book

Tine Sprandel

Treppensturz

Ein Toter liegt in einem Kreuzberger Hinterhof. Der Tänzer Frederik Tapis stürzte die Hintertreppe des Tanzclubs Lietzensee herunter. Neben der Leiche sitzt seine Tanzpartnerin Rita Färber, verstört, mit den Händen vor ihrem Gesicht. Sie ist erst vor zwei Wochen auf Wunsch ihrer Eltern nach Berlin gezogen, nun sieht sie sich vor einer Katastrophe. Außerdem kann sie sich nicht erinnern, wie es zu dem Sturz kam. Stück für Stück gräbt Rita die Erinnerung hervor. Ihr Ex-Freund Holger Flimms aus München und ihre Liebe zu ihm spielen dabei eine zentrale Rolle. Wer trägt die Schuld?

Taschenbuch ISBN 9781490531229 und E-Book

Evelyn Sperber

Liebe tanzt Rumba

Die Abiturientin Katja Römer und der französische Musikstudent Gaston Berraque haben sich im Tanzclub Lietzensee kennen und lieben gelernt. Katjas Vater hat etwas gegen Ausländer und verbietet seiner Tochter den Kontakt mit Gaston. Heimlich besucht sie mit Gaston den Tanzkreis, als Alibi dient ihre Freundin Marie. Als der Schwindel auffliegt, beginnt für Katja zu Hause die Hölle.

Als E-Book erhältlich.

Marion Pletzer
Tanz bei offenen Türen

Marga Fischer arbeitet mit Leib und Seele als Bürokraft für ihren Tanzclub Lietzensee und leistet so manche unbezahlte Überstunde. Ihrem Mann Udo gefällt das gar nicht. Häufig gibt es deswegen Streit. Gerade als Marga eine Möglichkeit findet, ihrer Arbeit und Udo gerecht zu werden, kommt es im Verein zu einem Wasserrohrbruch. Und das kurz vor einem Turnier. Nun ist Margas ganzer Einsatz gefordert.

Als E-Book erhältlich

Über die Autorin

Annemarie Nikolaus, gebürtige Hessin, hat zwanzig Jahre in Norditalien gelebt. 2010 ist sie mit ihrer Tochter in die Auvergne in Frankreich gezogen.

Anfang 2001 hat sie mit dem literarischen Schreiben begonnen. Seit 2011 veröffentlicht sie vorwiegend verlagsunabhängig. Qindie-Autorin.

Sie hat Psychologie, Publizistik, Politik und Geschichte studiert und war u.a. als Psychotherapeutin, Politikberaterin, Journalistin, Lektorin und Übersetzerin tätig.

Über **PATREON** können Sie meine Arbeit begleiten und unterstützen : https://www.patreon.com/AnnemarieNikolaus

 Wenn Sie ihren Newsletter abonnieren, erhalten Sie Informationen über Neuerscheinungen. http://eepurl.com/Ub86b

Die Biografie im Wikipedia:
http://bit.ly/r0mwoC
Blog: http://annes-werke.blogspot.fr/
Facebook: http://on.fb.me/JLAN6J
Twitter: http://twitter.com/AnneNikolaus

Veröffentlichungen

Neuerscheinungen 2022

Bitterer Wein. Kriminalroman. ISBN der Taschenbuchausgabe 9782493398017

Marguerite kehrt zuück. Reihe »Villefort - ein Dorf in den Cevennen«. Kriminalroman. ISBN der Taschenbuchausgabe 9782493398055

Die Tote im Stausee. Reihe »Villefort - ein Dorf in den Cevennen«. Kriminalroman. ISBN der Taschenbuchausgabe 9782493398062

Romane und Erzählungen:

Historisches

Königliche Republik. Historischer Roman. Reihe *»Welt in Flammen«.* ISBN der Taschenbuch-Ausgabe 9782902412471.

Verjährt. Historische Krimi-Kurzgeschichten. ISBN der Taschenbuch-Ausgabe 9782902412549

Phantastisches

Die Piratin. Reihe *»Drachenwelt«.* Fantasy-Roman. ISBN der Taschenbuch-Ausgabe 9782902412495

Das Feuerpferd. Fantasy-Roman, gemeinsam mit Monique Lhoir und Sabine Abel. ISBN der Taschenbuch-Ausgabe 9782902412501.

Magische Geschichten. Kurzgeschichten nicht nur für Kinder. ISBN der Taschenbuch-Ausgabe 9782902412488

Renntag in Kruschar. Reihe *»Drachenwelt«*. Fantasy-Anthologie. Nur E-Book.

Leuchtende Hoffnung. Ein dystopischer Roman als Adventskalender. Bebilderter Science Fiction-Roman. ISBN der Taschenbuch-Ausgabe 9782902412563

Spannendes und Kriminelles

Haus zu verkaufen. Spannungsroman. ISBN der Taschenbuchausgabe 9782902412983

Ustica. Ein Kurz-Thriller. ISBN der Taschenbuch-Ausgabe 9782902412556. Taschenbuch mit Gutschein für das E-Book.

Tot. Fatale Geschichten. ISBN der Taschenbuch-Ausgabe 9782902412587.

Verjährt. (s.o.)

Romantisches

Die Enkelin. Liebesroman aus der Reihe *»Quick, quick, slow – Tanzclub Lietzensee«* der Edition Schreibwerk. ISBN der Taschenbuch-Ausgabe 9782493398093.

Flirt mit einem Star. Liebesroman aus der Reihe *»Quick, quick, slow – Tanzclub Lietzensee«* der Edition Schreibwerk. ISBN der Taschenbuch-Ausgabe 9782493398109

Zurück aufs Parkett. Eheroman aus der Reihe *»Quick, quick, slow – Tanzclub Lietzensee«* der Edition Schreibwerk. ISBN der Taschenbuch-Ausgabe 9782493398116

Sachbücher

Sehenswertes unterwegs

Aquitanien: Das Ende eines Krieges. Reihe »*Am Rande des Weges* ...« ISBN der Taschenbuch-Ausgabe 9782902412570

Die Reihe über Literatur-Themen und Bücher

Suche Reisebegleitung. *Fliegende Blätter.* ISBN der Taschenbuch-Ausgabe 9781499608427.

Junge Welten. *Fliegende Blätter.* ISBN der Taschenbuch-Ausgabe 9781500971991

9 782493 398116